**Hans Bretz**

# Die geheimnisvolle Spieluhr

nach einer Idee von Martin Becker

## Hans Bretz

Das Erstlingswerk steht unter
dem Leitspruch:
*Du musst nur glauben,
was du schon fühlst!*

## Martin Becker

Er lieferte die Idee zum Buch
und entwickelte mit dem Autor
die Handlung.

Die geheimnisvolle Spieluhr
im Internet
**www.hansbretz.de**

**Hans Bretz**

# Die geheimnisvolle Spieluhr

Ein Roman

für

Kinder, Jugendliche
und Erwachsene

nach einer Idee
von
**Martin Becker**

Das Buch zum gleichnamigen Musical
von Martin Becker und Hans Bretz


| | |
|---|---|
| Idee: | Martin Becker |
| Handlung: | Martin Becker und Hans Bretz |
| Romantext: | Hans Bretz |
| Illustrationen: | Rita Schopp |
| Titelbild: | Helmut Lung |



2. Auflage 2002





Druck: Manfred Stier, Kretz

ISBN 3–00–007805–3

## Inhaltsverzeichnis

## Unsere Geschichte beginnt mit einem Zufall

Alfons Rothenfels lebte seit Jahren ganz allein in seiner Zweizimmerwohnung. Sein Gehalt, das er als Portier eines nahe gelegenen Krankenhauses verdiente, reichte gerade aus, um zu leben.
Die Dämmerung war schon hereingebrochen. Entgegen seiner Gewohnheit verließ er an diesem Abend seine Wohnung, um sich die Beine zu vertreten.

*

*Paul Popowitz wurde langsam nervös. Seine Helfershelfer waren schon seit einer Viertelstunde überfällig. Ein ganzes Jahr lang hatte er diesen Coup geplant. Ratte und Ede! Alles hatte er ihnen bis ins kleinste Detail erklärt: – wie sie ins Haus kommen – das Ausschalten der Alarmanlage – wo der Diamant liegt.*
*Wieder und immer wieder schaute er auf die Uhr. Plötzlich dieser grelle Ton. Paul Popowitz war entsetzt: „Verdammt, die Alarmanlage! Die nächste Polizeistation ist nur einen Kilometer entfernt!"*

*

Alfons Rothenfels hatte nichts von einer Alarmanlage gehört. Er grübelte vor sich hin und dachte an seine Enkelin, die ganz allein in einem Internat untergebracht war. Dabei schlenderte er durch die Stadt, ohne auf den Weg zu achten. Alfons Rothenfels schreckte aus seinen Gedanken hoch und benötigte eine kurze Zeit, um sich zu orientieren. Er erkannte den Berliner Platz und entschloss sich, durch die Hopfengasse nach Hause zu gehen.

*

*Paul Popowitz sah seine Kumpane aus dem Haus flüchten. Langsam schob er sich in die Dunkelheit eines Hauseingangs, um sich vor der Polizei zu verstecken. Paul Popowitz erkannte noch, wie Ratte und Ede in die Hopfengasse einbogen. Schnell rannte er durch eine parallel verlaufende Straße, um die beiden am Berliner Platz abzufangen.*

*

Alfons Rothenfels erlebte einige Überraschungen:
Zuerst wurde er von zwei laufenden Männern angerempelt und fast umgestoßen.
„Entschuldigung hätten sie wenigstens sagen können", dachte er und ging weiter. Als er einem Sperrmüllhaufen auswich, der den ganzen Bürgersteig blockierte, wurde er ein zweites Mal angerempelt und fiel mitten in den Sperrmüll. Eine Spieluhr landete in seinem Schoß.
„Entschuldigung", sagte ein Polizist, half ihm hoch und lief anschließend weiter.
„Sind denn heute alle verrückt?", stöhnte Alfons Rothenfels auf und schaute auf die Spieluhr. Die dritte Überraschung hatte es in sich. Alfons Rothenfels hielt die verloren geglaubte Spieluhr seiner Enkelin Tina in der Hand. Freudig machte er sich auf den Heimweg.

*

*Paul Popowitz fing Ratte und Ede am Berliner Platz ab. Sie versteckten sich in einem Hinterhof. Der Polizist lief vorbei. Paul Popowitz fragte nach dem Diamanten. Ede hatte ihn aus Angst, von der Polizei gestellt zu werden, im Sperrmüll, in einer Spieluhr, versteckt.*
*Als die Gauner den Sperrmüllhaufen durchsuchten, fanden sie keine Spieluhr. Lediglich am Ende der Straße sahen sie einen älteren Mann weggehen.*

## Kapitel 1

## Herr Dr. Knotterig kommt zu spät

Das erste Sonnenlicht, das sich seinen Weg durch die Rolladenritzen bahnte, hatte ihn geweckt. Noch etwas schlaftrunken tasteten sich seine Blicke durch das Halbdunkel des Zimmers und blieben an dem Radiowecker haften.
„Stromausfall", signalisierte sein Gehirn. Dr. Knotterig war sofort hellwach. Die Armbanduhr bestätigte seine schlimmsten Befürchtungen – 8.01 Uhr.
„Du hast seit einer Minute Unterricht", murmelte er entsetzt. Dann entdeckte er das durchtrennte Kabel des Radioweckers.
„Mein Gott", schoss es ihm durch den Kopf, „Waldemar! 220 Volt sind kein Pappenstiel und für ein Zwergkaninchen tödlich."
Ein beklemmender Gedanke machte sich in ihm breit: „Wie erkläre ich es bloß Fräulein Liebestreu?"
Waldemar war ein Geburtstagsgeschenk von Fräulein Liebestreu, der er unvorsichtigerweise im Kollegenkreis von seiner Kaninchenzucht in Kindertagen erzählt hatte. Das hatte er nun von seiner Redseligkeit. Solange der Hausmeister keinen Käfig im Garten gebaut hatte, musste Waldemar in seinem Zimmer bleiben.
Die Käfigtür bildete schon seit einigen Tagen kein Hindernis mehr für Waldemar. Äußerst geschickt öffnete er mit seinen Zähnen den Verschluss und ging auf Entdeckungsreise. Die Kabel der Stereoanlage hatte er schon mehrfach durchgebissen.
Dr. Knotterig begab sich auf die Suche nach Waldemar. Schließlich konnte er kein totes Zwergkaninchen in seinem Zimmer liegen lassen. Er entdeckte Waldemar hinter einem Sessel. Mit den Hinterbeinen lag er auf seinem rechten Pantof-

fel und mit den Zähnen bearbeitete er inbrünstig den linken Pantoffel, der bereits ein riesiges Loch besaß.
„Du Untier!", rief Dr. Knotterig und trotzdem fiel ihm ein Stein vom Herzen. Blitzschnell ergriff er Waldemar, bugsierte ihn in den Käfig und verschloss die Tür mit einem Draht.
Nach einer kurzen Morgentoilette hallten seine eiligen Schritte durch den leeren Flur des Internats. Dr. Knotterig war außer sich. Seit fast 25 Jahren war er Lehrer und seit 10 Jahren Schulleiter des Internats in Burgstett. Aber zu spät in den Unterricht gekommen war er noch nie.
Ein kurzer Blick auf die Uhr trieb ihm die Schweißperlen auf die Stirn. Etwas hektisch lockerte er die Krawatte und öffnete den obersten Knopf seines Hemdkragens. Unerbittlich rotierten seine Gedanken: „8.15 Uhr. – Wie konnte das bloß passieren? Ist Waldemar der Übeltäter? Äußerst unwahrscheinlich! Das Herz eines Zwergkaninchens hält keine 220 Volt aus. Mathematik in der 9b, ausgerechnet die 9b, sowieso eine schwierige Klasse. Haben die Mädchen mir einen Streich gespielt? Eigentlich sind ja Jungen für Streiche zuständig – aber es gibt keinen einzigen Jungen im Mädcheninternat. Das wäre ja noch schöner!"
Inzwischen war sich Dr. Knotterig ziemlich sicher, dass es sich um einen Schülerinnenstreich handelte.
„Hundertprozentig die 9b, immer wieder die 9b", grollte er vor sich hin.
Das schnelle Treppensteigen hatte ihm zugesetzt.
„Kurz verschnaufen und durchatmen", dachte er, „du kannst nicht nach Atem ringend in der Klasse erscheinen. Ein Internat, das in einer Burg untergebracht ist, verfügt eben über unendlich viele Treppen."
Seine Gedanken begannen um das Internat zu kreisen, um die traumhaft schöne Burg Hohenstein und die erhabene Lage, hoch oben auf der Anhöhe über der Kleinstadt Burgstett.

„Wir leben hier noch in einer wahren Oase, fernab von jedem Großstadtrummel“, dachte er, „ein harmonisches Kollegium, nette und freundliche Schülerinnen ...“
Er fühlte sich wohl hier und schätzte das gute Verhältnis mit den Bewohnern der Stadt. Bevor diese positiven Gedanken gänzlich Besitz von ihm ergriffen hatten, sah er die offene Klassentür am Ende des Ganges.
„9b!“, fauchte er. „Denen werde ich die Flötentöne beibringen!“
Verdächtig ruhig war es auf dem Gang. Lediglich leises Sprechen drang durch die geschlossenen Klassentüren. Energisch betrat er den Klassenraum der 9b.
„Guten Morgen!“, schallte es ihm laut und fröhlich entgegen. Etwas verunsichert stellte sich Dr. Knotterig hinter das Lehrerpult.
„Diese jungen, netten Mädchen können doch unmöglich zu einem solchen Streich fähig sein“, überlegte er.
„Guten Morgen, meine Damen“, entgegnete er zuvorkommend und entledigte sich seines Jacketts, das er wie immer über die Stuhllehne hängte. Ganz hinten saß Bianca von Putlitz.
„Der würde ich das zutrauen“, schoss es ihm durch den Kopf und er hörte sich dabei sprechen: „Wir beginnen unsere Mathematikstunde wie immer mit Kopfrechnen.“
Kein Laut des Unmuts, wie sonst üblich, schlug ihm entgegen.
„Die haben ein schlechtes Gewissen“, registrierte er und legte los: „4 mal 3, das Doppelte, geteilt durch 8, mal 12 ...“
Kettenaufgaben waren seine besondere Leidenschaft – nicht die seiner Schülerinnen. Dr. Knotterig erhöhte von Aufgabe zu Aufgabe die Geschwindigkeit der Ansage. Immer mehr Mädchen konnten den Aufgaben nicht mehr folgen.
Nach einer besonders schnell gestellten Aufgabe rief Dr. Knotterig hoffnungsvoll: „Tina!“

Keine Antwort! Eine ungewohnte Situation. Tina Rothenfels war die beste Rechnerin in der Klasse. Überrascht schaute er sich um. Wie erwartet war kein einziger Finger oben. Nur Tina hätte diese Aufgabe lösen können.
„Wo ist Tina?“, hörte er sich fragen. Wieder keine Antwort!
„Diese Biester“, grübelte er, „was haben sie jetzt wieder ausgeheckt?“ Dr. Knotterig war zwar aufgefallen, dass es Unstimmigkeiten zwischen einigen Mädchen und Tina gab, doch hatte er der Sache bislang keine so große Bedeutung beigemessen. Er wusste aus langjähriger Erfahrung, dass die Mädchen sich nach Zank und Streit immer wieder versöhnten. Aber hier schlug ihm eine Welle des Schweigens entgegen. Langsam fing er an zu kochen! Der Klang seiner Stimme legte an Schärfe zu: „Bianca von Putlitz!“
Er sah, wie Bianca kurz zuckte, bevor sie antwortete: „Ja, Herr Direktor?“
„Hast du Tina gesehen?“, fragte Dr. Knotterig.
„Es tut mir Leid, Herr Direktor“, entgegnete Bianca mit gespielt unterwürfiger Stimme, „ich habe Tina heute noch nicht gesehen, sie war auch nicht beim Frühstück. Vielleicht hat sie verschlafen.“
Dr. Knotterig überlegte kurz und befahl: „Vera, geh bitte hoch zu den Schlafräumen und schau nach Tina!“
Aus den Augenwinkeln beobachtete er Bianca, um irgendeine Reaktion zu erhaschen. Doch Bianca malte scheinbar desinteressiert mit dem Bleistift auf einem Blatt Papier.
Vera lief schnell hoch zu den Schlafräumen, öffnete die von außen verschlossene Tür und zischte der weinenden Tina zu: „Wage es nicht, uns zu verraten, Lehrerliebchen!“
Abrupt drehte sie sich um und eilte zum Klassenraum zurück. Tina wischte sich die Tränen aus dem Gesicht und folgte ihr.
Als Dr. Knotterig Tina sah, sagte er etwas unwirsch: „Tina Rothenfels, der Unterricht beginnt um 8 Uhr, für alle Schüle-

rinnen und Lehrer!" Kaum hatte er das Wort Lehrer ausgesprochen, fiel ihm sein eigenes Missgeschick brütend heiß ein. Blitzschnell sah er sich um und blickte in einige feixende Gesichter.
„Diese Bande“, dachte er und ärgerte sich maßlos.
„Entschuldigen Sie bitte, ich habe verschlafen“, murmelte Tina, sichtlich geknickt.
„Ist schon gut, Tina, das kann jedem einmal passieren. Aber sei bitte in Zukunft pünktlich!“, erwiderte Dr. Knotterig, indem er seiner Stimme einen freundlichen Ton verlieh.
Überrascht sahen alle anderen Mädchen auf. Das waren sie von ihrem Direktor nicht gewohnt. Er legte immer äußersten Wert auf Pünktlichkeit und bestrafte jede Verspätung mit Stubenarrest.
Sofort zischte Bianca leise zu ihrer Nachbarin Anne: „Unsere Streberin wird mal wieder bevorzugt!“
Während sich Tina setzte, spürte sie die giftigen Blicke von einigen Mitschülerinnen.
„Warum hast du nicht die Wahrheit gesagt?“, flüsterte ihre Nachbarin Olga.
„Dann wird alles nur noch schlimmer“, entgegnete Tina ganz leise mit gesenktem Kopf.
Dr. Knotterig beschäftigte sich in Gedanken wieder mit Waldemar und übersah in seinem Ärger über seine eigene Verspätung die Sticheleien gegen Tina. Der Pausengong kam so überraschend, dass er sogar vergaß Hausaufgaben zu erteilen. Den Kopf gefüllt mit ungelösten Problemen verließ der Direktor grübelnd den Klassenraum.

## Kapitel 2

## Mittagessen mit Hindernissen

„Wie geht es Waldemar?“
Dr. Knotterig zuckte zusammen, als er die Stimme hinter sich hörte. „Einfach nicht hinhören, so tun, als ob man nichts vernommen hätte“, dachte er und beschleunigte seine Schritte.
„Herr Direktor!“, jammerte die Stimme in einem sich fast überschlagenden Ton.
„Potzblitz – keine Chance mehr zu entwischen“, flüsterte er, drehte sich um, stellte sich überrascht und rief freundlich: „Oh, Fräulein Liebestreu, wir haben uns heute Morgen noch gar nicht gesehen! Wie geht es Ihnen heute?“
Fräulein Liebestreu blickte, schmachtend und vorwurfsvoll zugleich, zu Dr. Knotterig hoch und meinte: „Ich musste gleich zweimal nach Ihnen rufen, Herr Direktor.“
Obwohl er eigentlich ein grundehrlicher Mensch war und jegliche Lügen verabscheute, griff Dr. Knotterig zu einer Notlüge und erklärte: „Ehrenwertes Fräulein Liebestreu, ich war derart in Gedanken – ich habe Ihr Rufen nicht vernommen. Können Sie mir noch einmal vergeben?“
Mit einem tiefen Seufzer und gleichzeitigem Schließen der Augenlider hauchte Fräulein Liebestreu: „Herr Direktor, Ihnen kann man doch gar nicht böse sein. Wie geht es Waldemar? Ist er nicht ein Prachtexemplar von einem Zwergkaninchen?“
„Waldemar macht mir sehr viel Freude, Fräulein Liebestreu“, erwiderte Dr. Knotterig freundlich, „ein ausgesprochen angenehmes Tier, gutartig und harmlos. Entschuldigen Sie mich jetzt aber bitte, das Mittagessen steht an und ich muss mich noch umziehen.“

Dr. Knotterig drehte sich schnell um und hastete zu seinem Zimmer. Fräulein Liebestreu eilte ihm hurtig nach und holte ihn ein, bevor er die Tür aufschließen konnte.
„Kann ich Waldemar einmal sehen, Herr Direktor?“, bat sie eindringlich und schaute Dr. Knotterig flehentlich an.
„Fräulein Liebestreu, bitte nicht jetzt! Um zwölf Uhr ist Mittagstisch, wir haben nur noch wenige Minuten und müssen uns beeilen, um pünktlich im Essensraum zu erscheinen“, entgegnete der Direktor.
Diesmal duldete der Ton seiner Stimme keinen Widerspruch. Fräulein Liebestreu wusste nur zu gut, wie wichtig er die Pünktlichkeit erachtete. Dr. Knotterig schloss seine Tür auf, trat energisch ins Zimmer, stolperte über Waldemar und schlug sich beim Fallen die Stirn an einer Stuhlkante auf. Laut fiepend und sichtlich erschrocken sprang Waldemar unter den Tisch und blieb dort ruhig sitzen. Schließlich lag hier sein geliebter Pantoffel.
„Waldemar – Herr Direktor!“, kreischte Fräulein Liebestreu und beugte sich hilfsbereit zu Dr. Knotterig hinab. Dieser blutete leicht an der Stirn. Fräulein Liebestreu betupfte eifrig mit ihrem Taschentuch die Wunde und fragte: „Fühlen Sie sich gut Herr Direktor, haben Sie auch keine Schwindelanfälle?“
Noch etwas benommen erwiderte Dr. Knotterig: „Mit mir ist alles in Ordnung Fräulein Liebestreu. Aber fangen Sie bitte Waldemar ein und schließen Sie die Tür, damit er nicht auf den Flur entweichen kann!“
Während Dr. Knotterig sich langsam vom Boden erhob, um sich auf einen Stuhl zu setzen, kroch Fräulein Liebestreu unter den Tisch, um Waldemar zu fangen.
„Komm Waldemar, komm zu mir, Waldemar!“, lockte sie. Waldemar würdigte das Fräulein keines Blickes und knabberte eifrig am Pantoffel seines Herrchens. Das Loch hatte schon ein beachtliches Ausmaß angenommen.

„Waldemar“, rief Fräulein Liebestreu, „komm zu mir, Waldemar!“
Doch Waldemar mümmelte unbekümmert weiter. Fräulein Liebestreu hatte das Zwergkaninchen fast erreicht und streckte die Hand aus, um es zu packen. Dabei stellte sie sich jedoch etwas ungeschickt an. Waldemar erschrak und biss Fräulein Liebestreu in die Hand. Einen spitzen Schmerzensschrei ausstoßend sprang diese auf, rannte hinaus auf den Flur und schrie hysterisch: „Er hat mich gebissen, er hat mich gebissen!“
Dr. Schmaal, der zum Essensraum unterwegs war, blieb wie angewurzelt stehen, schaute Fräulein Liebestreu nach und murmelte kopfschüttelnd: „Liebestreu gebissen ... oh ... oh ... Herr Direktor ... Dr. Knotterig ...! Außergewöhnlich ... gänzlich außergewöhnlich!“
In diesem Moment erschien Dr. Knotterig in der Tür und rief: „Herr Dr. Schmaal, nicht ich habe gebissen ...!“ Unglücklicherweise unterbrach er seinen Satz, um sich das Blut von der Stirnwunde zu tupfen.
„Oh, verstehe, Herr Direktor“, rief Dr. Schmaal, „Fräulein Liebestreu hat gebissen! Außergewöhnlich ... unfassbar außergewöhnlich!“
Das ganze Durcheinander nutzte Waldemar, um unbemerkt in den Flur zu entwischen. Dr. Knotterig schüttelte entnervt den Kopf und seufzte: „Ich erkläre es Ihnen später, Herr Dr. Schmaal. Jetzt müssen wir zum Mittagstisch.“
„Spätere Erklärung ... habe verstanden ... interessante Neuigkeiten ....! Außergewöhnlich ... vollkommen außergewöhnlich!“, schnaufte Dr. Schmaal.
In diesem Moment erschallte die Mittagsglocke durch das Gebäude.
„Essenszeit, Herr Dr. Knotterig! Pünktlichkeit ist eine Tugend ...! Ich eile voraus, Herr Direktor ...! Außergewöhnlich ...

durchaus außergewöhnlich!“, rief Oberstudienrat Dr. Schmaal und verschwand.
Sichtlich gestresst verschloss Dr. Knotterig seine Tür, tupfte nochmals seine Wunde und begab sich zum Speiseraum. Als er ihn erreichte, schaute er sich zunächst einmal um. Zur Essenszeit trafen sich alle im alten Rittersaal, der vor Jahren zum Speisesaal umgebaut worden war. Burg Hohenstein war kein großes Internat, beherbergte aber dennoch 144 Mädchen, 12 Lehrpersonen, Küchenpersonal und Hausmeister. Vor dem Umbau hatte man die Mahlzeiten immer in zwei Etappen einnehmen müssen. Diese zeitaufwendige organisatorische Maßnahme gehörte zum Glück der Vergangenheit an.
Den heutigen Tag hätte er am liebsten aus dem Kalender gestrichen, und jetzt starrten ihn auch noch alle an.
„Hat etwa Dr. Schmaal in seiner Unwissenheit von diesem peinlichen Vorfall lautstark berichtet“, schoss es ihm durch den Kopf, „und damit natürlich für reichlich Verwirrung und Gerüchte gesorgt?“
Nein, das konnte er sich nicht vorstellen. Herr Dr. Schmaal hatte sich noch niemals beteiligt, wenn die Gerüchteküche brodelte. Dr. Knotterig benötigte eine ganze Weile, bis ihm klar wurde, dass die Mädchen nicht wegen der Verletzung zu ihm hinsahen, sondern lediglich auf das Zeichen zum Beginn der Mahlzeit warteten. „Guten Appetit!“, wünschte er mit lauter Stimme, und schon begann das geschäftige Treiben der Essensausgabe und -aufnahme.
Am Tisch des Lehrerkollegiums herrschte ungewohnte Stille. Fräulein Liebestreu fehlte, und alle schauten den Direktor an, als ob er eine Erklärung abzugeben hätte. Etwas verunsichert stieg erneut ein wenig Misstrauen gegenüber Dr. Schmaal in ihm hoch. Doch dann fiel ihm seine Stirnwunde ein.
In diesem Augenblick erschien Fräulein Liebestreu, einen dicken Verband um den rechten Zeigefinger.

„Wie geht es Ihnen? Hat Waldemar sehr tief zugebissen?“, hörte er sich fragen. „Nachdem ich über ihn gestolpert bin, war er wohl etwas aggressiv.“
Kaum waren seine Worte verklungen, bemerkte er, wie sich die Befangenheit bei den Kolleginnen und Kollegen löste. Natürlich kannte jeder Waldemar, das Zwergkaninchen, und alle bedauerten Dr. Knotterig wegen seiner Platzwunde.
Fräulein Liebestreu war sichtlich enttäuscht, dass niemand von ihrer doch beachtlichen Verletzung Notiz nahm. Merklich gekränkt nahm sie Platz und hörte noch, wie Dr. Schmaal rezitierte: „Kaninchenbiss ...! Außergewöhnlich ... tierisch außergewöhnlich!“
So wie Dr. Schmaal sprach, nahm er auch sein Essen zu sich. In Schüben und mit abgehackten Bewegungen begann er zu speisen und bekleckerte sich natürlich Hemd und Hose.
„Wie jeden Mittag, Herr Dr. Schmaal – Serviette gefällig?“, bemerkte Frau Zickenbusch süffisant, wendete sich selbstgefällig ab und verwickelte Dr. Knotterig in ein angeregtes Gespräch, ohne die empörten Blicke von Fräulein Liebestreu zu beachten.

*

Tina Rothenfels hatte den ganzen Vormittag nichts zu lachen. Sobald Lehrpersonen in der Nähe waren, ließ man sie in Ruhe, aber in den Pausen suchte Bianca ständig Streit.
Von den anderen Mädchen erhielt Tina keine Unterstützung. Die hatten selber zu viel Angst vor Bianca und ihrer Clique. Tina konnte sich auch keinen Reim darauf machen, wieso sie jetzt so angefeindet wurde. Ihrer Meinung nach hatte sie Bianca doch nichts getan. Lediglich ihre Zimmerkameradinnen Olga, Sabine und Isabelle sprachen noch mit ihr, alle anderen gingen ihr aus dem Weg.
Tina besuchte schon seit fünf Jahren das Internat. Sie hatte sich immer sehr wohl gefühlt. Nach dem schrecklichen Unfalltod

ihrer Eltern hatte sie hier wieder ein Zuhause gefunden. Alle waren sehr nett zu ihr, bis Bianca von Putlitz kam. Von diesem Zeitpunkt an wurde es immer schlimmer. Dieses Stänkern, Lästern, Aufstacheln war fast nicht mehr auszuhalten. Alle, die nicht zu Bianca hielten, wurden von ihr attackiert.
Gedankenverloren und ohne Appetit aß Tina ihren Teller leer. Sie bemerkte nicht, dass Bianca vom Nebentisch aufgestanden war und hinter ihr stand.
„Du hast heute an unserem Tisch Abwaschdienst“, zischelte Bianca in Tinas Ohr.
Tina zuckte zusammen und fühlte, wie sich ihr Magen verkrampfte. Schnell schaute sie sich um. Einige Bianca-von-Putlitz-Anhängerinnen gierten in ihre Richtung, um sich an ihrer Angst zu ergötzen. Die meisten Mädchen blickten weg, als würden sie nichts bemerken.
„Angst“, dachte Tina, „habe ich wirklich Angst? Nein, Angst habe ich nicht. Ich will nur keinen Streit. Im Streit lebt man nicht mehr miteinander, sondern nebeneinander und hat sich nichts mehr zu sagen. Manchmal streitet man ja, aber nach einem Streit sollte man doch immer wieder aufeinander zugehen und sich versöhnen. Zusammenleben und trotzdem getrennt sein macht keinen Sinn. Streiten ohne Versöhnung bedeutet Feindschaft und die ist so beklemmend, so bedrückend.“
„Hast du mich verstanden?“, zischelte Bianca erneut in Tinas Ohr.
„Soll man sich alles gefallen lassen?“, überlegte Tina ohne zu antworten, „muss man sich nicht auch einmal wehren, um seine Selbstachtung nicht zu verlieren? Aber dann wird der Streit zur Feindschaft, und Feindschaft kennt keine Versöhnung. Ich möchte doch mit allen auskommen.“
Bianca stieß Tina unsanft von hinten die Faust in die Seite.
„Los, mach schon, Putzliese!“, fauchte sie.

„Wie soll ich das Problem lösen?“, dachte Tina, „Bianca will nur Streit ...“
Tina fiel ein Stein vom Herzen, als sie die Stimme von Frau Zickenbusch hörte, die sie aufforderte zu ihr zu kommen.
„Rettung in letzter Minute“, dachte sie und eilte hinüber zur Lehrerin. Verärgert ging Bianca von Putlitz an ihren Tisch zurück. Als Frau Zickenbusch Tina fragte, ob sie Zeit habe, ihr noch ein wenig bei den Vorbereitungen für das anstehende Fest zu helfen, stimmte Tina freudig zu.

## Kapitel 3

### Auf dem Marktplatz passiert etwas Besonderes

„Leg jetzt endlich die Zeitung weg, Erna!"
Frieda Kleinschmidt ärgerte sich tagtäglich maßlos über die Sensationslust und Neugier ihrer Schwester. Wie ein Schwamm sog Erna jede Klatsch- und Tratschgeschichte, die in einem dieser Boulevardblätter abgedruckt wurde, in sich hinein.
„Erna", rief Frieda empört, „soll ich die ganze Arbeit alleine machen?"
„Ja, ja, Frieda, immer mit der Ruhe", entgegnete Erna geistesabwesend und noch immer in die Zeitung vertieft.
„Glaubst du, die Würstchen braten sich von selbst?", fragte Frieda sichtlich erbost. „Gleich kommen die Kiddys, und du hast nichts Besseres zu tun, als die Nase in die Zeitung zu stecken!"
„Prinz William und Britney Spears hatten ein Rendezvous", schwärmte Erna entzückt, ließ die Zeitung sinken und blickte verträumt in den Himmel. „Britney hatte ein bauchnabelfreies Top an und William ..."
„ ... hat vor lauter Hunger nichts gesehen. Die Bratwürste brennen an, Erna!", polterte Frieda dazwischen.
„Ah! Du bist so unromantisch, so unsensibel, Frieda", seufzte Erna und schlurfte zu der riesigen Wurstbratpfanne.
Frieda und Erna waren in der ganzen Stadt bekannt. >Bei Erna und Frieda< hieß der Imbiss, der schon seit vielen, vielen Jahren von den beiden am Marktplatz betrieben wurde. Es gehörte mittlerweile zum guten Ton, dass Alt und Jung sich am Imbiss trafen, um etwas zu essen und um von Erna die neuesten Gerüchte und Flunkereien zu erfahren. Niemand nahm ihre Geschichten besonders ernst, aber Erna konnte derart mitreißend

IMBISS
BEI
ERNA & FRIEDA
Rita

und spannend erzählen, dass die Leute sogar noch bei einer Geschichte zuhörten, die sie schon mehrmals erzählt hatte. Zudem gab es nirgendwo in der Stadt bessere Currywürste.
Manchmal dachte Frieda, dass es eigentlich >Bei Frieda und Erna< heißen müsste, da sie selbst ja wohl die meiste Arbeit verrichtete. Insgeheim wusste Frieda aber, dass die unverkrampfte Liebenswürdigkeit ihrer Schwester der beste Kundenfang war. Schließlich konnte ein Imbiss nicht das Flair eines vornehmen Speiselokals bieten.
Und außerdem kommt der Buchstabe E bekanntlich vor F, und Schwestern streiten sich nicht. Basta!
Inzwischen hatte sich der Marktplatz beachtlich gefüllt. Zwischen den von Geschäft zu Geschäft hastenden Menschen standen überall Pennäler in Gruppen zusammen, um die neuesten Themen des Tages loszuwerden. Andere hockten auf Bänken, sahen den Schach spielenden Rentnern zu oder lümmelten auf der Treppe vor dem Rathaus herum.
Es gab kaum nennenswerte Probleme zwischen Alt und Jung. Alle kannten und tolerierten sich. Und wenn mal Streit aufkam, dann gab es ja noch Erna, die gute Mutter der Jugend.
Nicht wenige Jungen warteten schon sehnsüchtig auf die Ankunft der Internatsschülerinnen, die nachmittags zwei Stunden lang ihre Freizeit in der Stadt verbringen durften. Man hatte schon manche Fete mit den Mädchen hier durchgezogen. Tanzen und Abfeiern statt Mathe- und Biofrust.
‚Relaxen' hatte es Felix genannt. Ein genialer Begriff, fanden alle, besonders die Mädchen. Kein Wunder, Felix war *der* Superstar. Alle Mädchen himmelten ihn an.
„Sie kommen!"
Die Köpfe der Jungen bewegten sich ruckartig in Richtung Waldweg, der hoch zur Burg führte. Tatsächlich, da kamen sie, allen voran Bianca von Putlitz, die sich als Diva unter den Mädchen fühlte und auch so auftrat.

„Stell den CD-Player an!“, rief jemand. „Relaxen ist angesagt. Zwei Stunden sind schnell vorbei.“
Rasch mischten sich die Mädchen unter die Jungen. Man kannte sich, die anfängliche Schüchternheit war längst abgelegt. Einzelne Pärchen fanden sich, um ausgiebig zu schmusen, schließlich hatte man sich knappe 24 Stunden nicht gesehen.
In einer Ecke, links neben dem Imbiss, saß mutterseelenallein Tina Rothenfels und schaute tieftraurig unter sich. Erna fiel es sofort auf, dass mit Tina etwas nicht stimmte. Dafür hatte sie einen Blick, ihr konnte man nichts vormachen. Sie roch es regelrecht, wenn jemand in Schwierigkeiten steckte. Atmosphärische Störungen, so nannte sie so etwas. Sie ließ einfach ihre Arbeit liegen und wandte sich an Tina: „Hallo, Tina, schön, dass du hier bist. Ich freue mich, dich zu sehen.“
„Guten Tag, Erna“, sagte Tina leise, ohne aufzublicken.
„Na, du bist aber gut drauf“, fand Erna, stieß Tina freundschaftlich gegen die Schulter und plauderte los: „Was ist dir denn über die Leber gelaufen? Hast du schlechte Noten erhalten? Kopf hoch! Es geht weiter. Beim nächsten Mal klappt alles besser. Jetzt ...“
„Erna!“
„Frieda, du nervst“, dachte Erna. „Siehst du denn nicht, dass Tina ein Problem hat? Ich muss mich um sie kümmern, einfach etwas erzählen, sie ablenken ...“
„Erna!“
Erna blickte sich um und sah den Riesenandrang am Imbiss.
„Au Backe“, schoss es ihr durch den Kopf, „ich muss zuerst Frieda helfen. Warum türmt sich die Arbeit immer dann, wenn man sie nicht brauchen kann?“
„Ich komme!“, rief sie Frieda zu, drehte sich zu Tina und sagte aufmunternd: „Ich bin gleich wieder da, Tina, ich muss nur ein paar Bratwürste in die Pfanne hauen und deine hungrigen Mitschülerinnen bedienen.“

Anne Kluns, sonst eine der engsten Freundinnen von Bianca von Putlitz, schaute sich ständig um und stichelte, indem sie Bianca herausfordernd ansah: „Felix ist gar nicht da."
„Na und?", entgegnete Bianca unwirsch. Ihre gute Laune hatte einen Dämpfer erhalten.
„Du wolltest ihn doch heute anmachen", stichelte Anne weiter, „er sollte doch dein neuer Freund werden."
„Du nervst, Anne. Morgen ist auch noch ein Tag!"
„Nur keine Blöße geben", dachte Bianca, „ich muss das Thema wechseln."
Sie schaute sich um, sah Vera Buckes in einer Gruppe von Jungen stehen, winkte ihr zu und rief: „Hallo, Vera!"
Vera bewunderte Bianca, seitdem sie ins Internat gekommen war, und hörte wie ein kleiner Hund auf sie. Schnell herbeieilend schwärmte sie: „Der Toni fährt total auf mich ab. Das ist ein richtig geiler Nachmittag."
„Echt voll krass! Vor allem die süßen Jungs. Zum Reinbeißen", säuselte Anne und konnte es sich nicht verkneifen, einen spöttischen Seitenblick auf Bianca zu werfen.
Bianca tänzelte einige Schritte seitwärts, hob gebieterisch den Zeigefinger, warf mit einer herrischen Bewegung den Kopf zurück und meldete sich maßregelnd zu Wort: „Also, meine Damen, welch eine vulgäre Sprache. Zügelt bitte eure Worte! Ihr seid Schülerinnen eines angesehenen Internates!"
Während Anne noch überrascht auf Bianca schaute, erfasste Vera sofort die Situation und spielte mit: „Oh, Entschuldigung, Fräulein Dr. Dr. Liebestreu!"
„Vera Buckes, von dir hätte ich so etwas am allerwenigsten erwartet. Deine Eltern haben immer Wert auf eine christlich sittsame Erziehung gelegt und mir aufgetragen, diese Werte in dir weiterhin zu fördern", dozierte Bianca mit todernstem Gesicht und einem derart tadelnden Ton, dass Anne vor Lachen die Tränen in die Augen schossen.

Vera war begeistert und himmelte Bianca an: „Eine superstarke Vorstellung!"
Augenblicklich ihre Mimik wechselnd, erklärte Bianca mit arroganter Selbstgefälligkeit: „Gekonnt ist gekonnt!"
Bianca konnte jede Lehrerin und jeden Lehrer nachäffen. Sie besaß ein unglaubliches Schauspieltalent und nutzte dies ständig, um sich in den Mittelpunkt zu rücken. Die heimlichen Abendvorstellungen auf den Zimmern waren der Renner im Internat.
„Wenn die Alte das wüsste, hättest du nichts mehr zu lachen", mutmaßte Anne.
„Wenn die das wüsste, ... wenn die das wüsste", wiederholte Bianca abfällig. „Die Liebestreu hat doch nur noch ihren Dr. Knotterig im Kopf. Knotterig – mit doppelt t und g am Ende."
Anne bog sich wieder vor Lachen, als Bianca den Direktor nachahmte, dessen Marotte es war, beim Vorstellen seines Namens die Buchstaben g und t zu wiederholen und sie in ein superweiches ‚göh' und ein ebensolches ‚töh' zu verwandeln.
Während Anne noch lachte, erblickte sie Tina neben dem Imbiss.
„Schaut nur, Tina Rothenfels ist auch hier", ließ sie süffisant grinsend verlauten, „und wie traurig sie ins Leere peilt!"
„Kommt, wir wollen sie ein wenig aufheitern!", sagte Bianca und baute sich direkt vor Tina auf.
„Wie poppig sie wieder gekleidet ist!", tönte Vera von oben herab.
„Na, Tina", spöttelte Bianca und zupfte an ihrer Hose, „heute mal wieder ein Höschen vom LIDL an?" Tina von oben bis unten musternd, stichelte Bianca weiter, indem sie den obersten Knopf von Tinas Bluse öffnete und den Kragen zurechtrückte: „Und diese Bluse – allererste Sahne – bestimmt von ALDI."

Tina starrte Bianca nur an. So viel Gemeinheit und Gehässigkeit machten sie sprachlos. Zu allem Überfluss bewegte Anne schnuppernd ihre Nase in Tinas Richtung, fächelte sich mit einer anmaßenden Handbewegung Luft zu und hänselte: „Und das Parfüm – leichter Kuhstallduft."
Tina schlug sich die Hände vor das Gesicht und hätte beinahe losgeheult.
In diesem Augenblick polterte Frieda wütend dazwischen: „Lasst Tina in Ruhe!"
Nachdem sich der Andrang am Imbiss gelegt hatte, wollten sich Erna und Frieda um Tina kümmern. Auf dem Weg zu Tina hielt Frieda ihre Schwester plötzlich zurück und flüsterte: „Stop! Da tut sich was. Bianca von Putlitz führt etwas mit Tina im Schilde. Lass uns die Sache beobachten! Ich bin mir sicher, dass wir einiges über Tinas Probleme erfahren."
„Wir machen doch nur Spaß", sagte Bianca scheinheilig.
„Spaß nennst du das?", entgegnete Frieda scharf und stemmte die Arme in die Hüften. „Ich nenne das Mobbing!"
„So etwas würden wir nie tun, nicht wahr?", erwiderte Bianca katzenfreundlich und blickte ihre Freundinnen an, die bestätigend nickten.
„Ihr seid mir vielleicht ein paar dreiste und heuchlerische Früchtchen," erboste sich Erna, „andere schikanieren und auch noch lügen!"
„Du siehst das falsch, Erna", versuchte sich Bianca rauszureden.
„Nenn mich nicht Erna! Für dich bin ich immer noch Frau Kleinschmidt. Willst du uns für dumm verkaufen? Wir haben alles gehört", ereiferte sich Erna.
Sekundenlang herrschte betretenes Schweigen.
Erna schaute Bianca erbost an, doch die hob nur hochnäsig den Kopf und hielt ihrem Blick respektlos stand.
„Ich lasse mich von Ihnen nicht beleidigen!"

Erna war zum ersten Mal in ihrem Leben sprachlos. Solch eine unverschämte Arroganz war ihr noch nicht vorgekommen. Die beiden anderen Mädchen standen mit gesenkten Köpfen neben Bianca und fühlten sich sichtbar unwohl.
Was war bloß in Bianca gefahren? Mit Erna durfte man sich nicht entzweien, dafür war sie bei allen zu hoch angesehen. Vera stieß Bianca an und flüsterte: „Bist du verrückt? Hör auf, sonst hast du alle gegen dich!"
„Mein liebes Fräulein", sagte Erna und wählte dabei einen Plauderton, der an Schärfe kaum zu überbieten war, „du verschwindest jetzt von diesem Ort! Und überlege dir gut, wie du dich in Zukunft verhältst!"
Bianca warf nur den Kopf zurück und erwiderte rotzfrech beim Weggehen: „Kommt, hier stinkt es nach altem Fett!"
Diese erneute Unverschämtheit ließ Erna vollkommen kalt. „Hier stinkt es nur nach Bosheit, Gemeinheit und Niedertracht", stellte sie emotionslos fest. „Dein geistiges Niveau scheint mir derart eingeengt zu sein, dass sich jede Unterhaltung erübrigt."
Frieda setzte sich neben Tina, nahm sie in den Arm und sagte: „Lass dich doch nicht so fertig machen, Tina! Wehr dich doch!"
„Was soll ich denn machen? Keiner hilft mir. Mittlerweile habe ich das Gefühl, dass alle gegen mich sind", seufzte Tina und sank noch mehr in sich zusammen.
„Es sind doch nicht alle", beschwichtigte Erna und fühlte sich sehr unwohl, weil ihr nichts Besseres einfiel, um Tina zu trösten.
„Aber alle finden die drei toll", klagte Tina tief enttäuscht und wischte sich ein paar Tränen weg.
Erna mochte Tina und hätte am liebsten mitgeheult, weil sie ihre ganze Ohnmacht spürte. Aber immer wenn sie nicht mehr weiter wusste, sprang Frieda für sie ein.

„Täusch dich nicht, Tina“, hörte Erna ihre Schwester sagen, indem sie Tina fest an sich drückte, „an unserer Wurstbude bekommen wir vieles mit. Die drei haben nicht viele Freunde.“
Sichtlich überrascht blickte Tina hoch und schaute abwechselnd Erna und Frieda an, die ihr aufmunternd zunickten.
„Guten Tag, meine Damen!“
„Hast du mich erschreckt, Herbert!“, jammerte Frieda und fasste sich ans Herz. „Du kommst heute aber spät. Willst du der Schneckenpost Konkurrenz machen?“
„Frieda, Frieda“, lachte Herbert, „sei vorsichtig mit dem, was du sagst, sonst ist es aus mit der Verehrerpost! Man könnte ja auch unterwegs etwas verlieren.“
„Das würde ich dir zutrauen. Aber immer noch besser, als wenn Erna sie in die Hände bekäme. Dann wüsste nämlich die ganze Stadt über den Inhalt der Briefe Bescheid“, spottete Frieda.
„Wenn ich nichts mehr sagen darf“, stellte sich Erna beleidigt und drehte beiden den Rücken zu, „kann ich mich ja direkt einsperren.“
Im nächsten Moment machte sie eine blitzschnelle Kehrtwendung und fragte: „Wie wär’s mit einer Currywurst, Herbert?“
Tina lauschte aufmerksam der Unterhaltung, amüsierte sich über die drei und vergaß ihre Probleme mit Bianca von Putlitz.
„Später, Erna – zuerst muss ich noch das letzte Paket hoch ins Internat tragen“, sagte Herbert und schaute auf die Adresse.
„Tina Rothenfels“, las er vor.
„Oh, Herbert, da hast du aber Glück, deine Tina sitzt hier!“, rief Frieda.
Sichtlich erleichtert, den langen Weg zur Burg gespart zu haben, übergab der Postbote Tina das Paket und schlenderte mit den Wurstfrauen zum Imbiss. Die beiden hatten ihm eine Sonderportion Currywurst mit Pommes versprochen.

Tina hatte gar nicht mehr zugehört, sondern neugierig ihr Paket betrachtet. „Ach, ein Eilpaket von Opa", dachte sie und öffnete das Paket, „und ein Brief."
Hastig riss sie den Brief auf und las:

*„Mein liebes Kind,*

*ich hoffe, es geht dir gut.*
*Seit dem Tod deiner Eltern habe ich oft an dich gedacht.*
*Ich hätte dich so gerne bei mir behalten,*
*aber du weißt ja, warum das nicht machbar war.*
*Das Geld für das Internat wird noch so lange reichen,*
*bis du deine Schulausbildung abgeschlossen hast.*
*Durch Zufall habe ich deine alte Spieluhr gefunden.*
*Weißt du noch ...*
*Du hast sie als Kind nie aus der Hand gegeben.*
*Aber bei dem tragischen Autounfall ging sie verloren.*
*Sie lag noch auf deinem Schoß, als du aus dem Auto gerettet wurdest.*
*Aber dann hat man sie an der Unfallstelle vergessen.*
*Jetzt habe ich sie auf einem Sperrmüllhaufen gefunden.*
*Die Melodie hat dich immer getröstet.*

*In Liebe*
*dein Opa"*

Tief bewegt ließ Tina den Brief sinken.
„Meine Spieluhr!", rief sie, schreckte hoch und begann das Paket zu durchwühlen.
Wenig später hielt sie ihre Spieluhr, noch sorgsam in Papier verpackt, in beiden Händen. Schnell befreite sie ihren Begleiter aus Kindertagen und drückte ihn an ihr Herz. Wie hatte sie ihre Spieluhr vermisst!

Leise erklang die wunderschöne Melodie, die ihr immer Trost gespendet hatte. Auch diesmal fühlte sie, wie die Mutlosigkeit allmählich von ihr wich.
Sie spürte diese neue und doch alte Kraft wieder in sich, die die Verzweiflung und Hoffnungslosigkeit, die sich in ihr ausgebreitet hatten, zu verdrängen begann. Während die Melodie der Spieluhr erklang, erschien auf dem Marktplatz ein junges Mädchen, das sich neugierig überall umschaute.
Eigentlich etwas Alltägliches und dennoch etwas Besonderes und gleichzeitig Merkwürdiges. Niemand hatte gesehen, wo das Mädchen herkam. Niemand kannte es. Niemand nahm Notiz von ihm. Für einen Beobachter schien es tatsächlich so, als ob es überall bekannt wäre.
„Hi, wo geht's denn hier zum Internat?“, fragte eine fremde, sympathische Stimme.
Tina sah kurz hoch und erwiderte zwar höflich, aber knapp: „Dort drüben beginnt der Weg zur Burg.“
„Ich bin übrigens Lissi. Und wer bist du?“, plauderte die fremde Stimme weiter.
„Tina“
„Wohnst du hier im Städtchen?“
„Nein.“
„Hey – sei nicht so kurz angebunden!“, beschwerte sich Lissi.
Tina schaute hoch und sah in ein nettes Mädchengesicht, das ihr strahlend entgegenlachte. Sie spürte sofort eine Welle der Sympathie zu diesem Mädchen in sich aufsteigen und erklärte: „Entschuldige bitte, ich bin eine Schülerin aus dem Internat und verbringe meine Freizeit in der Stadt.“
„Super! Das trifft sich gut! Dann sehen wir uns jetzt ständig!“, rief Lissi froh gelaunt. „Ich bin die neue Internatsschülerin. Kannst du mir ein wenig helfen, mich hier zurechtzufinden?“
„Das mache ich gerne“, meinte Tina und spürte tief in sich wieder dieses Glücksgefühl. „Wie war noch mal dein Name?“

„Lissi!“
„Hallo, Lissi, ich freu mich, dass du da bist“, sprudelte es aus Tina heraus.
„Komisch“, dachte sie, „du kennst Lissi erst seit zwei Minuten und trotzdem hast du das Gefühl, als ob sie eine langjährige Freundin sei.“
Unbändige Freude machte sich in Tina breit. Sie musste dies unbedingt Erna und Frieda mitteilen. Schnell eilte sie zum Imbiss.
Lissi blickte sich kurz um, nahm liebevoll die Spieluhr in die Hand und flüsterte: „Hallo, kleiner Glücksbringer! Du hast gerufen ... ich ...“
„Lissi, was machst du mit meiner Spieluhr?“
Lissi drehte sich um und sah Tina fragend vor sich stehen.
„Oh, entschuldige, Tina“, erklärte sie, „ich wollte sie nur anschauen.“
Und etwas geheimnisvoller fügte sie hinzu: „Deine Spieluhr ... sie ist nicht nur wunderschön ... pass gut auf sie auf!“

## Kapitel 4

## Currywurst mit Pommes

Fräulein Liebestreu war überglücklich. Dr. Knotterig hatte sich, nach langem Bitten und Drängen, bereit erklärt, mit ihr ein paar Stunden in der Stadt zu verbringen. Soeben verließen sie Burg Hohenstein und bogen in den Waldweg zur Stadt ein.
Fräulein Liebestreu schwelgte in Gedanken an ihren Direktor, den sie doch so sehr verehrte.
„Es ist mehr als Zuneigung oder Sympathie. Ja, ich liebe ihn“, hatte sie sich selber vor längerer Zeit eingestanden. Und nun gingen sie zu zweit durch den mächtigen Eichenwald, dessen Blätter sich sanft im Wind bewegten. Fräulein Liebestreu blickte Dr. Knotterig schwärmerisch von der Seite an, während er ihr gerade einen Vortrag über die Vorteile des Mischwaldes gegenüber der Monokultur des Nadelwaldes hielt.
Der Wohlklang dieser Stimme! Kein einziges Wort bekam sie von dem Vortrag mit, so sehr war sie mit ihren Gedanken bei ihm, bei dem Mann, den sie ohne Wenn und Aber heiraten würde. Am liebsten hätte sie seine Hand ergriffen und ihm ihre Liebe gestanden. Doch die Hürde aus ihrer Erziehung, dass dem Mann der erste Schritt vorbehalten sei, konnte sie noch nicht überwinden. Zudem hätte es sich für eine sittsame Religionslehrerin nicht geziemt.
„Sehen Sie, Fräulein Liebestreu, diese Eiche mit ihren mächtigen Ästen, Zweigen und Blättern bietet Lebensraum für eine Vielzahl von ...“ Nur noch der Stimme lauschend und von romantischen Gefühlen überwältigt, dachte Fräulein Liebestreu: „Du könntest meine Eiche sein und mir ...“
„Darf ich mich Ihnen anschließen?“
Fräulein Liebestreu wurde so jäh aus ihren gefühlsseligen Gedanken gerissen, dass sie steif wie ein Stock stehen blieb. Wie

eine kalte Dusche wirkte der Anblick von Dr. Schmaal auf sie, der zwischen zwei Bäumen hervortrat und sich zu ihnen gesellte.
„Habe noch einen Teil ihres Vortrages vernommen ... sehr gut, Herr Direktor ...! Außergewöhnlich ... genial außergewöhnlich! Mächtige Eichen ... sehr mächtig ... nicht wahr Fräulein Liebestreu ...? Außergewöhnlich ... substantiell außergewöhnlich!"
„Hat dieser Mensch kein Feingefühl?", dachte Fräulein Liebestreu empört. „Bemerkt er nicht, dass er stört und absolut falsch an diesem Ort ist? So viel Einfühlungsvermögen muss man doch besitzen."
Hocherfreut über die männliche Verstärkung forderte Direktor Dr. Knotterig Herrn Dr. Schmaal auf, sie zu begleiten. Fräulein Liebestreu konnte in ihrer Anhänglichkeit doch sehr anstrengend sein und Kollege Schmaal war für ihn eine willkommene Abwechslung.
Manchmal hatte Dr. Knotterig den Eindruck, dass sein Kollege absichtlich diesen Telegrammstil beim Sprechen verwendete, um andere über seine wahren Fähigkciten zu täuschen. Ohne Zweifel war Dr. Schmaal ein scharfsinniger, hoch begabter Mann mit einem unglaublich umfangreichen Wissen.
Oder war das Ganze doch nur eine dumme Angewohnheit, wie sie bei Lehrpersonen oft üblich ist?
In einem gehörigen Abstand ging Fräulein Liebestreu, gekränkt und beleidigt, hinter den beiden Männern her, die sich angeregt unterhielten. Ihr ganzes Sinnen war nur noch auf eines ausgerichtet: Wie werde ich Dr. Schmaal los?

*

Bianca, Vera und Anne schlenderten über den Marktplatz, plauderten und amüsierten sich mit Bekannten. Besonders Bianca poussierte mit einigen Jungen, um sich ihrer Wirkung auf das männliche Geschlecht sicher zu sein.
Plötzlich entdeckten sie Lissi, die sich mit Tina unterhielt.

„Ein neues Gesicht“, meinte Bianca neugierig, „kommt, das werden wir uns mal genauer anschauen.“
Als sie Lissi und Tina fast erreicht hatten, hörten sie Lissi fragen: „Sind die Lehrer eigentlich cool hier?“
„Die Lehrer zwar nicht, aber wir“, mischte sich Bianca ein, hakte sich bei Lissi unter und zog sie von Tina weg, „bei uns ist immer etwas los. Wenn du willst, kannst du eine Menge Spaß haben. Ich bin übrigens Bianca, mich kennt jeder hier. Ich kann dich mit ein paar Jungen bekannt machen. Vielleicht gefällt dir einer. Ein Date könnte ich auch in die Wege leiten. Ach ja, das sind meine Freundinnen, Vera und Anne.“
„Hi, ich heiße Lissi“, entgegnete Lissi freundlich und hob zur Begrüßung zwar kurz die Hand, reichte sie Bianca jedoch nicht.
„Mit welchen Trauerklößen gibst du dich denn da ab?“, meldete sich Vera zu Wort und erklärte gehässig: „Tina Rothenfels ist doch kein Umgang für dich. Schau sie doch an, den Langweiler. Die ist doch noch zu blöd, sich einen Jungen zu krallen.“
Ohne etwas zu sagen schaute Lissi Vera nur an. Eben noch selbstsicher und von sich überzeugt, spürte Vera urplötzlich ein Gefühl der Beklommenheit in sich aufsteigen. Ein nicht zu beschreibendes Unbehagen machte sich in ihr breit und nagte an ihrem Selbstbewusstsein. Sichtlich irritiert schaute sie unter sich.
Unterdessen palaverte Bianca lebhaft weiter, erzählte von ihren eigenen Vorzügen, den Streichen, die sie ausheckten, vom Internat und den Lehrpersonen und forderte Lissi unmissverständlich auf, sich ihnen anzuschließen, um sich anzufreunden.
Lissi schaute Bianca freundlich an und entgegnete: „Vielen Dank für eure Mühe, mich kennen lernen zu wollen. Ich bin neu hier und habe mich noch nicht einmal im Internat vorgestellt. Wenn ich mich umgeschaut und mir einen Eindruck von

den Leuten gemacht habe, werde ich mir meine Freunde selbst aussuchen."
Sprach's und wendete sich ab, um sich wieder um Tina zu kümmern.
Verdutzt schauten Bianca, Vera und Anne hinter ihr her.

*

Fräulein Liebestreu atmete tief durch. Dr. Schmaal hatte sich soeben von ihnen verabschiedet, um noch einige Besorgungen zu tätigen. Endlich wieder zu zweit! Gemeinsam schlenderten sie durch die Fußgängerzone in Richtung Marktplatz und unterhielten sich angeregt über die alltäglichen Vorkommnisse im Internat. Vor der Kaffeestube am Marktplatz duftete es verführerisch nach frischem Kaffee.
„Darf ich Sie zu einer Tasse Kaffee einladen?", fragte Dr. Knotterig und Fräulein Liebestreu willigte sofort ein.
„Es ist so schönes Wetter, Herr Direktor. Wir sollten im Freien bleiben und die frische Luft genießen", schlug Fräulein Liebestreu vor.
Sie gingen zu einem Stehtisch und hatten von dort einen ausgezeichneten Blick über den gesamten Marktplatz. Einen Schluck Kaffee zu sich nehmend ließ Dr. Knotterig seine Blicke über den Platz schweifen.
„Heute Nachmittag sind aber viele unserer Mädchen in der Stadt", stellte er fest und erblickte auch Bianca von Putlitz. Sofort fielen ihm die Vorkommnisse des heutigen Vormittags wieder ein, und er ärgerte sich, dass er noch keine Zeit gefunden hatte, der Sache nachzugehen. Er erzählte Fräulein Liebestreu von seiner Verspätung und seinem Verdacht, den er gegen Bianca richtete.
„Ja, Bianca ist eine sehr raffinierte Schülerin, der es ganz besonders an Fleiß mangelt und die gerne allerlei Unfug anstellt", meinte Fräulein Liebestreu und bestätigte damit seine Vermutungen. Fleiß und das Streben nach Erfolg waren ihre Liebling-

sthemen. Seit Jahren beklagte sie sich ständig, dass diese Tugenden immer mehr verloren gingen.
„Nicht nur Bianca, den meisten unserer Mädchen mangelt es an Fleiß", ereiferte sich Fräulein Liebestreu, „hier lümmeln sie auf dem Marktplatz herum anstatt zu lernen."
„Junge Menschen brauchen Abwechslung, sie können doch nicht immer nur lernen und an die Schule denken", entgegnete Dr. Knotterig.
„Sie sollten aber ihre Freizeit sinnvoller nutzen und sich nicht hier auf dem Marktplatz mit diesen jungen Schnöseln abgeben", sagte Fräulein Liebestreu leicht verbittert darüber, dass ihr der Direktor nicht beipflichtete, und regte sich weiter auf: „Die Mädchen sind doch alle noch viel zu jung!"
Dr. Knotterig versuchte sie zu beruhigen: „Gewiss haben Sie ..."
„Jetzt schauen Sie sich das an!", unterbrach ihn Fräulein Liebestreu entrüstet. „Jetzt umarmen sie sich sogar!"
„Auch wir waren einmal jung."
„Ich habe als junges Mädchen niemanden auf dem Marktplatz umarmt."
„Die Zeiten ändern sich", versuchte Dr. Knotterig zu erklären.
„Und da, Herr Direktor, sie küssen sich! Hier mitten auf dem Marktplatz! Der Ruf unseres Internates ...! Herr Direktor, Sie müssen sofort einschreiten!", forderte Fräulein Liebestreu aufgeregt.
„Fräulein Liebestreu, ehrenwertes Fräulein Liebestreu, heutzutage ist das nichts Anstößiges mehr. Menschen, die sich lieben, zeigen dies auch in der Öffentlichkeit."
Fräulein Liebestreu blickte Dr. Knotterig mit großen Augen an. Die Gefühle für diesen Mann überwältigten sie.
„Er hat Recht", dachte sie, umarmte ihn spontan und flüsterte: „Herr Direktor, ich lie..."
„Fräulein Liebestreu!"

Der Tadel in seiner Stimme war unüberhörbar. Langsam schob Dr. Knotterig seine Kollegin von sich und blickte sie vorwurfsvoll an.
„Ich habe mich gehen lassen“, dachte sie und versuchte zu erklären. „Herr Direktor, ... ich ... ich ... eh ...“
„Liebestreu ... stotternde Liebestreu ...! Außergewöhnlich ... absolut außergewöhnlich!“
Fräulein Liebestreu glaubte im Erdboden versinken zu müssen, als sie auch noch die Stimme von Dr. Schmaal vernahm. Sie schämte sich und wusste nicht, wie sie sich verhalten sollte.
Dr. Knotterig rettete die Situation, indem er das Gespräch über Freizeitverhalten und Schulleistungen wieder aufnahm und Dr. Schmaal daran beteiligte.
„Haben Sie auch die Erfahrung wie Fräulein Liebestreu gemacht, dass die Leistungen unserer Mädchen nachlassen, weil sie in ihrer Freizeit zu wenig lernen?“, fragte Dr. Knotterig.
In seiner typischen Art antwortete Dr. Schmaal: „Habe gestern Deutschaufsätze korrigiert ... tolle Leistungen ... nur gute Noten ...! Außergewöhnlich ... ganz außergewöhnlich! ... Tina Rothenfels ... göttliche Aufsätze ...“
„Sie haben mich gerufen, Herr Dr. Schmaal?“
Überrascht blickte sich Dr. Schmaal um und erblickte Tina mit einem ihm fremden Mädchen.
„Nein, Tina, ... nein, ... habe nur von deinem Aufsatz berichtet. Außergewöhnlich ... sprachlich außergewöhnlich!“
„Danke, Herr Dr. Schmaal“, sagte Tina und wollte sich abwenden.
„Tina, wer ist die junge Dame an deiner Seite?“, meldete sich Dr. Knotterig zu Wort.
Tina entschuldigte sich sofort für ihr Versäumnis, Lissi nicht vorgestellt zu haben, und holte dies unverzüglich nach: „Das ist Lissi, eine neue Schülerin für das Internat.“

„Eine neue Schülerin“, meinte Fräulein Liebestreu, „und dann schon auf dem Marktplatz, in dieser Atmosphäre.“
„Entschuldigen Sie bitte“, antwortete Lissi, „Sie sind doch auch hier.“
Fräulein Liebestreu bekam den Mund vor Staunen über so viel Kühnheit nicht mehr zu.
„Oh ... flott ... kess ... sehr keck! Außergewöhnlich ... absolut außergewöhnlich!“, kommentierte Dr. Schmaal.
„Lissi?“, fragte Dr. Knotterig. „Das dürfte wohl die Abkürzung von Elisabeth sein. Elisabeth Nick, nicht wahr?“
Lissi nickte bestätigend mit dem Kopf.
„Du wurdest mir heute Mittag schon angekündigt. Herzlich willkommen, Lissi!“, begrüßte Dr. Knotterig seine neue Schülerin und stellte sich selber vor: „Dr. Knotterig, Direktor Dr. Knotterig, Knotterig mit doppelt t und g am Ende.“
Da war es wieder, das superweiche 'göh' und 'töh', über das sich Bianca von Putlitz so lustig gemacht hatte. Auch Lissi musste lächeln, fand ihre neuen Lehrpersonen aber trotz ihrer Eigenarten sehr sympathisch.
Dr. Schmaal hob schnuppernd seine Nase hoch und bemerkte: „Bratwurstduft ... riecht sehr gut ... würzig ...! Außergewöhnlich ... verlockend außergewöhnlich!“
„Wie appetitanregend es duftet“, meinte auch Dr. Knotterig. „Fräulein Liebestreu, Herr Dr. Schmaal, kommen Sie, wir sollten uns eine Currywurst gönnen.“
„Herr Direktor, eine außergewöhnlich gute Idee“, bestätigte Dr. Schmaal. „Außergewöhnlich ... kulinarisch außergewöhnlich! ... Aber mit Pommes!“
Sogleich eilten die beiden zum Imbiss und Fräulein Liebestreu folgte ihnen. Mit dieser Entscheidung war sie überhaupt nicht einverstanden.
„Bratwürste, fettige Bratwürste!“

Fräulein Liebestreu schüttelte sich und rügte: „Herr Direktor, denken Sie an Ihren Cholesterinspiegel! Sie sollten mehr Rohkostprodukte zu sich nehmen und pflanzliche Nahrung bevorzugen. Sie müssen sich gesund ernähren!"
Frieda und Erna hörten noch die letzten Worte und Frieda polterte dazwischen: „Gnädiges Fräulein, unsere Würste sind gesund!"
„Gesunde Würste gibt es nicht", hielt Fräulein Liebestreu dagegen, „richtige Ernährung hilft chronische Krankheiten vermeiden und beugt Darmträgheit vor."
„Sie können doch nicht jeden Tag Haferschleim oder Sauerkraut essen", meldete sich Erna zu Wort.
„Liebe Frau Erna, Sie mögen vielleicht wissen, wie man Bratwürste zubereitet, aber von gesunder Ernährung scheinen Sie keine Kenntnisse zu besitzen."
„Heute Mittag im Internat ... Graupensuppe mit Weizenschrot ...! Gesunde Ernährung ...! Außergewöhnlich ... extrem außergewöhnlich!", warf Dr. Schmaal ein.
„Extrem außergewöhnlich", wiederholte Frieda und ergänzte: „Sehr richtig, Herr Dr. Schmaal! Von Gurkenschnitzel und Sesampudding wird niemand satt."
„Sie sind wohl alle gegen mich", erboste sich Fräulein Liebestreu, „aber auch Sie können sich nicht über Erkenntnisse der Ernährungswissenschaft hinwegsetzen. Fleisch ist ungesund!"
„Etwas Fleisch braucht jeder Mensch", hielt Erna dagegen, „man kann nicht nur Unkraut und Körner kauen."
„Helfen Sie mir bitte, Herr Direktor", flehte Fräulein Liebestreu, als sie erkannte, dass die beiden immer das letzte Wort hatten.
„Nun, Fräulein Liebestreu, ich ...", meinte stockend Dr. Knotterig, „ich habe ..."
Fräulein Liebestreu blickte zu ihm hoch und sah ihn hoffnungsvoll und zuversichtlich an.

„Ich habe Hunger!"
Entrüstet wendete sich Fräulein Liebestreu ab und verließ schnellen Schrittes den Marktplatz.

## Kapitel 5

## Nachts, wenn nicht alle schlafen

Dr. Knotterig hatte in seinem Zimmer schon alles durchsucht. Er saß in seinem Polstersessel und grübelte vor sich hin. Dabei starrte er auf seine Zehen, die aus dem doch beachtlichen Loch seines linken Pantoffels herausragten. Waldemar! Plötzlich sprang er auf, drehte den Sessel um und untersuchte die Unterseite der Polsterung. Nichts! Kein Loch, kein Waldemar. Irgendeine Unaufmerksamkeit musste Waldemar genutzt haben, um das Zimmer zu verlassen. Er war wie vom Erdboden verschwunden.
Dr. Knotterig entwickelte die verwegensten Ideen, was mit Waldemar geschehen sein könnte: Flucht in den Garten, Beute eines Fuchses, unbeabsichtigt in einen Kellerraum eingesperrt, mit Absicht entwendet. Kaum kreisten seine Gedanken um diese Möglichkeiten, keimte in ihm ein Verdacht.
„Bianca von Putlitz! Ja, Bianca", sagte er leise vor sich hin und nickte zustimmend mit dem Kopf. Geschickt war sie, nichts, aber auch gar nichts konnte er ihr bis jetzt nachweisen. Die übrigen Mädchen schwiegen wie ein Grab. Solch ein Zusammenhalt war ihm vollkommen neu. Irgendjemand brach früher oder später immer sein Schweigen. Warum diesmal nicht? Vielleicht verdächtigte er Bianca doch zu Unrecht.
„Genug gegrübelt", sagte er sich, nahm ein Buch zur Hand und begann zu lesen.

*

Fräulein Liebestreu schaute auf die Uhr.
„Schon 22.30 Uhr", sagte sie sich, „noch eine halbe Stunde, dann kann ich zu Bett gehen." Die Internatsordnung schrieb ab 22.00 Uhr Bettruhe vor. Pünktlich um 23.00 Uhr wurden alle Ausgänge im Internat vom Hausmeister verschlossen und erst

morgens um 6.00 Uhr wieder geöffnet. Fräulein Liebestreu musste am heutigen Abend die Spätaufsicht wahrnehmen. Keine schwierige Aufgabe, denn die meisten Mädchen waren sehr diszipliniert und es gab eigentlich kaum Probleme. Langsam ging sie durch die langen Gänge der Burg und horchte auf irgendwelche Geräusche. Wie an jedem Abend war es angenehm ruhig, fast schon gespenstisch leise, kein Lärmen, kein Kindergeschrei auf den Fluren. Gewohnheitsmäßig lauschte sie an verschiedenen Türen, ob in den Zimmern auch wirklich Ruhe herrschte.
Die Räumlichkeiten in der Burg ließen es nicht zu, dass jedes Mädchen ein eigenes Zimmer besaß. Es gab 3-, 4- und 5-Bettzimmer, und in so einem größeren Zimmer war die Versuchung, miteinander zu plaudern und die Nacht zum Tag zu machen, doch manchmal groß. Ein Vergehen dieser Art wurde von Dr. Knotterig strengstens bestraft, denn die Mädchen mussten am nächsten Morgen ausgeruht zum Unterricht erscheinen.
Auch die Lehrpersonen waren gehalten, nach 23.00 Uhr ihre Zimmer nicht mehr zu verlassen. Für einige vielleicht eine unzumutbare Einschränkung ihrer Freiheiten, doch wenn jemand damit nicht einverstanden war, konnte er seinen Anstellungsvertrag kündigen. In all den Jahren, in denen Fräulein Liebestreu hier unterrichtete, war dies nur ein einziges Mal vorgekommen. Eigentlich fühlten sich alle hier wohl, und mit Dr. Knotterig hatten sie auch einen vorzüglichen Leiter des Internats.
Unwillkürlich dachte sie an die fatalen Momente auf dem Marktplatz. Dass ausgerechnet Dr. Schmaal noch alles mitbekommen musste. Es war schon peinlich genug, dass sie sich so hatte gehen lassen.
„Aber manchmal muss man seinen Gefühlen auch freien Lauf lassen“, sagte sie trotzig zu sich selber, um sich ein wenig zu

rechtfertigen, „trotzdem hätte ich mich in der Gewalt haben müssen."
Sie war sich überhaupt nicht darüber im Klaren, ob Dr. Knotterig ihre Gefühle erwiderte. Schließlich hatte er sie ja auch vorwurfsvoll von sich geschoben.
„Bestimmt war ihm nur die Örtlichkeit unangenehm", versuchte sie sich zu beruhigen, „der Marktplatz mit den vielen Menschen und den zahlreichen Schülerinnen."
Zerrissen von diesen widersprüchlichen Gedanken hörte Fräulein Liebestreu gar nicht, dass im Zimmer von Tina angeregt geflüstert wurde. Als sie sich ihrem eigenen Zimmer näherte, schaute Fräulein Liebestreu noch einmal auf ihre Armbanduhr: 22.58 Uhr. Sie horchte ein letztes Mal in den langen Flur und schloss die Zimmertür auf.

*

Aus Zimmer 5 drang leises Gekicher.
„Seid leise!", ermahnte Tina ihre Zimmergenossinnen. „Wenn uns die Aufsicht hört!"
Vor dem Türspalt am Boden lag eine Decke, damit kein Lichtschein in den Flur fiel. Lissi hatte sie dort hingelegt und auch die Fenster verdunkelt.
„Die Liebestreu liegt längst im Bett", kicherte Sabine, „und träumt von Dr. Knotterig."
„Hast du wirklich gesehen, wie sie ihn umarmt hat?", fragte Olga, und Sabine musste zum wiederholten Male alles erzählen. Die anderen vier Mädchen konnten es nicht oft genug hören und amüsierten sich immer wieder von neuem.
„Hochzeit auf Burg Hohenstein", flachste Lissi, „und Olga ist die Brautjungfer."
Isabelle konnte vor lauter Lachen den Orangensaft nicht hinunterschlucken. Sie hielt sich mit einer Hand Mund und Nase zu und lief zum Fenster.

„Vorsicht, Isabelle, nicht spucken!“, rief Lissi. „Dr. Knotterig steht unter dem Fenster und himmelt Fräulein Liebestreu an.“
Tina tat der Bauch weh vor Lachen. Lissi war einmalig. Solch einen Spaß hatten sie schon lange nicht mehr gehabt. Welch ein Glücksfall, dass Dr. Knotterig Lissi ihnen zugeteilt hatte. Mit Olga, Sabine und Isabelle teilte Tina schon mehrere Jahre das Zimmer. Aber seit Bianca von Putlitz hinter ihr her war, herrschte doch abends oftmals eine gedrückte Stimmung.
„Wir müssen leiser sein“, mahnte Olga, „sonst erwischen sie uns wirklich noch.“
Lissi setzte sich zu Tina aufs Bett und sagte: „Kommt, erzählt mir von euch, ich möchte euch näher kennen lernen.“
Isabelle hatte es doch noch geschafft, den Orangensaft in den Magen zu befördern, und setzte sich zu Olga und Sabine auf das gegenüberliegende Bett.

*

Dr. Knotterig saß schnarchend in seinem Sessel. Auf seinem Schoß lag noch das halb geöffnete Buch. Ganz allmählich veränderte der Kopf seine Lage und knickte zur Seite in eine unbequeme Stellung. Augenblicklich wurde sein Schlaf unruhiger und sein Schnarchen heftiger. Unwillkürlich bewegte er sich, um die unbequeme Sitzposition zu korrigieren. Dabei fiel mit einem lauten Geräusch das Buch auf den Boden und Dr. Knotterig schreckte hoch.
„Es wird Zeit ins Bett zu gehen“, dachte er noch halb schlafend, stand auf, ging zum geöffneten Fenster und streckte sich. Waren das nicht Mädchenstimmen? Von einer Sekunde zur anderen war Dr. Knotterig hellwach.
„Zweiter oder dritter Stock“, überlegte er und schoss in den Flur hinaus.
„Psst, seid leise, Licht aus, schnell ins Bett, Dr. Knotterig kommt!“, flüsterte Lissi urplötzlich, lag blitzschnell unter ihrer Bettdecke und atmete tief und ruhig wie im Tiefschlaf.

Verblüfft schauten die anderen Mädchen auf Lissi und waren zu keiner Regung fähig. Tina fasste sich als Erste und rief: „Nun macht schon! Ab in die Betten!“
Dr. Knotterig befand sich bereits im dritten Stock und stand lauschend vor der Tür von Bianca, Vera und Anne. Zu seiner Enttäuschung vernahm er keinen einzigen Ton. Langsam ging er weiter, immer noch nach hinten horchend, ob vielleicht doch diese Bianca ...? Zu gerne hätte er sie erwischt ...
„Dieter, was sind das für Gedanken?“, sagte er leise zu sich. „Auch wenn Bianca dir unangenehm ist – du musst sie genauso behandeln wie alle anderen auch. Und diese Schadenfreude, jemanden zu ertappen – schäme dich!“
Dr. Knotterig stand genau vor Zimmer 5 und horchte in den Flur hinein. Er war der felsenfesten Meinung, dass er sich um dieses Zimmer keine Gedanken zu machen brauchte. Hier schlief schließlich Tina, die sich immer vorbildlich verhielt und zudem seine beste Schülerin war.
Er dachte auch an Lissi, die er zu Tina ins Zimmer gelegt hatte und die ihn trotz der kurzen Bekanntschaft sehr beeindruckt hatte.
„Dieses Mädchen verfügt über eine Ausstrahlung, wie man sie bei kaum einem Erwachsenen findet“, sinnierte er und ging zurück zu seiner Unterkunft.

*

In ihrem Zimmer lauschten die Mädchen auf die Schritte, die sich langsam entfernten.
„Das war knapp“, sagte Tina und schaltete das Licht wieder ein.
Sabine atmete tief durch und sagte sichtlich erleichtert: „Glück gehabt. Wenn Lissi nicht gewesen wäre, hätten wir jetzt riesigen Ärger.“
Olga kroch langsam aus ihrem Bett und klopfte Lissi anerkennend auf die Schulter.

Tina blickte Lissi nachdenklich an und fragte: „Du, Lissi, woher wusstest du eigentlich, dass Dr. Knotterig kommt?"
„Au Backe", dachte Lissi, „was sag ich denn jetzt?"
„Genau," meinte Sabine, „das war eine unglaubliche Eingebung."
„Das war nichts Besonderes", versuchte Lissi abzulenken und spöttelte: „Ich habe manchmal solche Erleuchtungen."
„Das war fast wie ein sechster Sinn", staunte Isabelle.
„Verflixt, ich muss in Zukunft vorsichtiger sein", dachte Lissi und überlegte fieberhaft, wie sie aus dieser Klemme herauskommen könnte. „Wenn ich jetzt nicht aufpasse, werden sie misstrauisch. Ich darf mein Geheimnis nicht preisgeben. Sie dürfen vielleicht etwas ahnen, aber nicht wissen ...
Hey, ihr da oben, könnt ihr mir nicht helfen?"
Lissi erhielt keine Antwort, sie wusste nur zu gut, dass sie auf sich allein gestellt war. In diesem Augenblick ertönte ein spitzer, schriller Schrei durch das gesamte Internat.
„Was war denn das?", fragte Tina entsetzt, während ihr ein kalter Schauer über den Rücken lief. Sabine warf sich vor Angst die Bettdecke über den Kopf und hielt sich die Ohren zu. Abermals ertönte der Schrei. Olga und Tina stürzten auf die Tür zu und liefen in den Flur.
„Rettung in letzter Minute", dachte Lissi, schaute für eine kurze Zeit dankbar nach oben und folgte ihnen. Überall standen Mädchen in ihren Zimmertüren und blickten sich ängstlich um. Wieder dieser Schrei, diesmal intensiver und länger.
„Es kommt von unten, aus dem Flur der Lehrerinnen!", rief jemand und alle stürzten nach unten.
Dr. Knotterig stand vor dem Zimmer von Fräulein Liebestreu und rief aufgeregt: „Fräulein Liebestreu, was ist los? Bitte öffnen Sie!"
„Eine Schlange!", schrie Fräulein Liebestreu hysterisch von innen.

„Der Hausmeister soll kommen und die Tür öffnen!", rief Dr. Knotterig.
Einige Mädchen hasteten los. Inzwischen hörten sie Fräulein Liebestreu jämmerlich schluchzen. Kurze Zeit später war die Tür offen und der Direktor betrat das Zimmer. Im Türrahmen drängten sich die Mädchen, um nichts zu verpassen. Fräulein Liebestreu saß aufrecht in ihrem Bett, hielt die Hände vors Gesicht und jammerte kläglich. Dr. Knotterig versuchte sie zu beruhigen.
„Ganz ruhig", sagte er, „es ist doch nichts passiert."
„Eine Schlange", stammelte Fräulein Liebestreu, „man hat eine Schlange in meinem Zimmer ausgesetzt."
Dr. Knotterig konnte es nicht fassen: „Eine Schlange – sind Sie sicher?"
„Ja, Herr Direktor. Ich habe geschlafen und mein Arm hing seitlich am Bett hinab. Plötzlich berührte etwas Kaltes, Feuchtes meine Hand."
Dr. Knotterig kniete sich vorsichtig nieder, um unter das Bett zu schauen. Tatsächlich, hinten, in der äußersten Ecke, sah er die Körperumrisse eines Tieres. „Einen Stock!", rief er und der Hausmeister reichte ihm schnell einen Regenschirm, der hinter der Tür stand. Dr. Knotterig stieß das Tier mit dem Regenschirm an. Jetzt kam es auf ihn zu. Respektvoll wich er etwas zurück. Im Halbdunkel erkannte er auf einmal ein schwarzweiß geflecktes Haarkleid.
„Eine Schlange hat doch kein Fell", durchzuckte es ihn.
Zwei kurze Sprünge und das Tier saß vor ihm.
„Waldemar!", rief er entgeistert.
Fräulein Liebestreu riss die Hände vom Gesicht und blickte ungläubig auf das Zwergkaninchen.
Dr. Knotterig atmete erleichtert auf und sagte: „Waldemar wird wohl an ihrer Hand geschleckt haben, Fräulein Liebestreu."

„Auf die Zimmer, meine Damen, Vorstellung beendet!“, rief er seinen staunenden Schülerinnen zu.
Auch Tina und ihre vier Zimmergenossinnen hüpften in die Betten und schalteten das Licht aus. Direkt neben Tinas Kopf lag ihre Spieluhr. Tief bewegt und glücklich lauschte Tina auf die Melodie, die ganz leise und kaum hörbar den Raum erfüllte.
„Eine schöne Melodie“, flüsterte Lissi.
„Sie hat mir immer und überall geholfen“, flüsterte Tina zurück, „ich bin unendlich froh, dass Opa sie wieder gefunden hat.“
„Ich auch“, wollte Lissi sagen, biss sich aber rechtzeitig auf die Lippe.
Nach all den Aufregungen versank Burg Hohenstein doch noch in einen geruhsamen Schlaf.

## Kapitel 6

## Frau Zickenbusch ist unzufrieden

„Eins ... zwei ... drei ... vier ... dre – hen ... drei ... vier!“
Laut und dynamisch gab Frau Zickenbusch den Takt vor und klatschte zur Unterstützung mit den Händen. Tanzproben mit Frau Zickenbusch waren so ziemlich das Anstrengendste, was die Mädchen sich vorstellen konnten. Als Sportlehrerin verlangte sie ihnen immer alles ab. Sie selbst war eine begeisterte Triathletin und von einem unglaublichen Bewegungsdrang beseelt. Frau Zickenbusch trainierte jeden Tag und kämpfte gegen jegliche Art von ‚Bewegungsarmut’, wie sie es nannte, bei Jugendlichen und Erwachsenen an.
‚Bewegung hält gesund’ war ihre Devise, und nach diesem Motto gestaltete sie auch ihre Übungsstunden. Die Mädchen waren bereits in Schweiß gebadet. Aerobicübungen zur Steigerung der Ausdauer standen heute auf dem Programm der Tanzgruppe.
„Jetzt wieder mit Musik, konzentriert euch!“, rief Frau Zickenbusch und beobachtete aufmerksam die Bewegungen der Mädchen.
„Drei ... vier ... Beine hoch“, peitschte sie die Sportlerinnen an, „hopp ... hopp ...!“
Unwillig schaute sie in die Gruppe und klatschte nochmals energisch in die Hände. Ein kurzer Blick, dann drückte sie verärgert die Stopptaste am CD-Player und rief: „Hab ich es hier mit alten Frauen zu tun? Was soll dieses lahme Gehopse?“
Einige Mädchen ließen sich, heftig nach Atem ringend, zu Boden sinken.
„Das muss besser werden! Bis zu unserem Auftritt bei der Spanischen Nacht auf dem Marktplatz müsst ihr topfit sein!“, hielt sie den Mädchen vor. „Oder wollt ihr euch etwa blamieren?“

„Frau Zickenbusch, können wir eine kleine Pause machen?“, fragte Tina mit vor Anstrengung hochrotem Gesicht.
„Pause?“, brach es aus Frau Zickenbusch heftig hervor, und schon wollte sie ein Donnerwetter loslassen. Doch als sie die Erschöpfung in Tinas Gesicht sah, kündigte sie eine zehnminütige Pause an. Immer in Aktion wusste Frau Zickenbusch selbst die Pausenzeit optimal zu nutzen. Sie rief mehrere Mädchen zu sich, um noch einige Kostümfragen zu besprechen.
Als sehr gute Tänzerin und Sportlerin nutzte Bianca von Putlitz die Gelegenheit, um wieder gegen Tina zu stänkern: „Liebchen Tina benötigt eine Pause! Etwas unsportlich die Kleine!“ Dabei stellte sie sich genau vor Tina, die erschöpft auf dem Boden saß und in ihrer Tasche nach Getränken suchte. Bianca stemmte die Arme in die Hüften und stieß immer wieder mit der Zehenspitze nach Tina. „Schaut euch an,“ meinte sie zu Vera und Anne, „wie erschöpft sie ist!“
„Unser Bücherwürmchen hat keine Kondition“, tönte Vera.
„Lasst mich doch in Ruhe!“, sagte Tina und wandte sich ab.
„Sie will ihre Ruhe haben“, spottete Anne, „wir sollten die Pause auf zwanzig Minuten ausdehnen.“
„Vielleicht ist es besser, wenn sie nicht mittanzt“, stichelte Bianca weiter.
Tina machte keine Anstalten mehr sich zu wehren.
„Genau, unsere Einserschreiberin sollte sich das mal überlegen“, ergänzte Anne.
„Die kleine Schleimerin bringt es bestimmt noch fertig, dass sie in der ersten Reihe tanzt“, hetzte Bianca und stieß wieder mit dem Fuß zu.
Tina fiel die Tasche aus der Hand, und ihre Spieluhr kullerte auf den Boden.
„Ach, eine Spieluhr“, posaunte Bianca durch die Halle, „die kann ich gut gebrauchen.“

Plötzlich stand Lissi neben ihr und hob die Spieluhr auf. Sie schaute Anne und Vera an und würdigte Bianca keines Blickes. Vera spürte sofort wieder dieses Unbehagen, das sich schon auf dem Marktplatz in ihr ausgebreitet hatte. Sie konnte Lissi nicht in die Augen schauen und blickte Hilfe suchend zu Anne. Doch diese hielt den Kopf gesenkt und schien das gleiche Unbehagen zu spüren.
„Was willst du denn hier, Lissi?“, fragte Bianca und stieß wieder mit dem Fuß nach Tina. Lissi würdigte Bianca keines Blickes, stellte sich einfach zwischen sie und Tina und drehte Bianca den Rücken zu. Bianca war sprachlos und schaute sich nach ihren Freundinnen um. Die beiden waren verschwunden. Etwas verunsichert erkannte Bianca, dass die anderen Mädchen aus der Tanzgruppe ihnen zuschauten. Lissi kniete vor Tina, gab ihr die Spieluhr und redete leise auf sie ein.
„Oho, Lissi kümmert sich um das Schätzchen unserer Lehrerschaft!“, höhnte Bianca wütend und versuchte erneut nach Tina zu treten. Ohne hochzuschauen hielt Lissi nur ihren Fuß fest. Ein Gefühl der Lähmung stellte sich bei Bianca ein, als könnte sie den Fuß nicht mehr nach vorne bewegen. Hastig zog sie ihn zurück.
„Bist du neidisch oder eifersüchtig?“, hörte sie Lissi sagen, die ihr immer noch den Rücken zukehrte. Völlig verunsichert schnaubte Bianca: „Eifersüchtig ... neidisch ... auf dieses Trampel ...? Da muss ich ja lachen!“
Zum Lachen war ihr allerdings nicht zumute. Bianca war erleichtert, dass Frau Zickenbusch lautstark das Ende der Pause verkündete und damit den Streit mit Lissi beendete. Sie fühlte sich Lissi nicht gewachsen. Das konnte sie nicht ertragen. Bianca spürte Hass in sich aufsteigen, zumal alle Mädchen ihre Niederlage miterlebt hatten.
Mit gewohntem Schwung setzte Frau Zickenbusch die Übungsstunde fort. Sie war so konzentriert bei der Sache, dass

sie nicht bemerkte, wie sich die Tür der Aula öffnete und Fräulein Liebestreu erschien. Etwas versöhnlicher gestimmt beendete sie nach einer halben Stunde das Training und sagte: „Diesmal war ja ein Fortschritt zu erkennen, aber zufrieden geben können wir uns noch nicht. Wir werden morgen nochmals üben."
„Frau Zickenbusch", meldete sich Fräulein Liebestreu zu Wort, „entschuldigen Sie bitte, dass ich hier so einfach störe, aber ich wollte die Mädchen an die morgige Chorprobe erinnern. Ich benötige unbedingt diese Probe, Sie können nicht gleichzeitig eine Tanzprobe durchführen!"
„Liebe Kollegin, ich habe gar nicht bemerkt, dass Sie uns zugeschaut haben", antwortete Frau Zickenbusch, „aber machen Sie sich keine Gedanken, wir werden einfach vor Ihrer Chorprobe üben."
Mit diesem Vorschlag konnte sich Fräulein Liebestreu gar nicht anfreunden. Vor einer Chorprobe dieses anstrengende Tanztraining! An einen vernünftigen Gesang war dann nicht mehr zu denken. Fräulein Liebestreu war verärgert.
Diese Zickenbusch machte immer, was sie wollte, und nahm nie Rücksicht auf die Interessen anderer. Sport, nur Sport – als ob dies das Wichtigste im Leben sei! Es hatte auch keinen Zweck, mit ihr zu streiten. Diese Frau war einfach nur rechthaberisch.
„Also, Mädels, nächstes Training morgen vor der Chorprobe. Danke! Ihr könnt gehen!", rief Frau Zickenbusch und wandte sich wieder Fräulein Liebestreu zu.
„Dann achten Sie aber bitte darauf", mahnte Fräulein Liebestreu, „dass die Mädchen nicht zu erschöpft zur Chorprobe erscheinen!"
Frau Zickenbusch sah Fräulein Liebestreu freundlich an und hielt ihr einen Vortrag über die Notwendigkeit eines gezielten Aufbautrainings bei ihrer Tanzgruppe.

„Wenn die Mädchen gut trainiert sind, profitieren Sie auch beim Gesang davon."
Fräulein Liebestreu war außer sich. Diese Frau drehte und wendete alles zu ihrem Vorteil.
„Eines wollte ich aber noch sagen", ereiferte sich Fräulein Liebestreu, „ich finde es unmöglich, wie freizügig die Mädchen gekleidet sind. Und das nicht nur auf der Probe. Vor allem bei Ihren öffentlichen Tanzvorführungen sollten Sie auf mehr Zurückhaltung bei der Kleiderwahl Wert legen. Bauchnabelfrei ... mein Gott ...! Wohin führt das noch ...? Sie tragen die pädagogische Verantwortung, Frau Zickenbusch!"
„Na, das ist ja wieder mal typisch Religionslehrerin", entgegnete Frau Zickenbusch, die als Sportlerin eine vollkommen andere Einstellung zum Körper besaß. „Die Mädchen treiben Sport und sollen sich zweckmäßig kleiden."
„Man kann sich auch anständig kleiden!"
„Anständig kleiden! Na, das müssen Sie mir aber mal erklären!", konterte Frau Zickenbusch.
„Hat man denn im Sportbereich das Gefühl für Anstand verloren?", entgegnete ihre Kollegin.
Diesen Vorwurf ließ sich Frau Zickenbusch nicht gefallen. Sichtlich verärgert und ungehalten antwortete sie: „Sie leben wohl noch im Mittelalter, Fräulein Liebestreu. Lassen Sie sich doch heilig sprechen!"
Fräulein Liebestreu war tief beleidigt und hielt ihr vor, dass ein solches Verhalten schlichtweg unangemessen sei.
„Aber, meine Damen! Fallen Sie doch nicht übereinander her!"
Unbemerkt hatte Dr. Knotterig die Aula betreten und sich zu ihnen gesellt. Fräulein Liebestreu beachtete Frau Zickenbusch nicht mehr und wendete sich hocherfreut Dr. Knotterig zu: „Guten Tag, Herr Direktor! Das ist aber nett, dass Sie mal vorbeischauen. Wollen wir beide noch etwas gemeinsam unternehmen?"

„Dieter ist schon mit mir verabredet!“, tönte Frau Zickenbusch dazwischen.
Fräulein Liebestreu verfärbte sich. Das konnte nicht wahr sein, das durfte nicht wahr sein. Die beiden duzten sich! Fräulein Liebestreu rang krampfhaft um ihre Fassung.
„Sie sind per du?“
„Stört Sie das?“, giftete Frau Zickenbusch dazwischen.
„Brigitte – bitte!“, mahnte Dr. Knotterig und versuchte den Sachverhalt zu erklären. Eine unangenehme Situation! Er hatte doch mit Frau Zickenbusch, also mit Brigitte, vereinbart, dass ihre Duzfreundschaft geheim bleiben sollte.
„Wenn Frauen sich streiten“, dachte er. Dabei hatte er doch nur schlichten wollen und saß nun selbst in der Klemme. Nach Worten suchend berichtete er Fräulein Liebestreu von ihrer gemeinsamen Studentenzeit.
„Davon haben Sie mir nie etwas erzählt“, sagte Fräulein Liebestreu vorwurfsvoll.
„Sie müssen ja auch nicht alles wissen!“, fuhr Frau Zickenbusch wie eine Furie dazwischen.
Dr. Knotterig merkte, dass ihm das Geschehen aus den Händen glitt. Die Situation wurde immer schwieriger und unerfreulicher. Fräulein Liebestreu nahm ihren ganzen Mut zusammen und fragte nochmals: „Mögen Herr Direktor heute noch mit mir ausgehen oder nicht?“
Dr. Knotterig wand sich wie ein Aal und wusste nicht, was er sagen sollte.
„Dieter!“, rief Frau Zickenbusch.
„Herr Direktor!“, flehte Fräulein Liebestreu.
„Dieter!!“
„Herr Direktor!!“
„Dieter!!!“

Die beiden Frauen tönten immer lauter. Das war eindeutig zu viel für Dr. Knotterig. Ohne weiter zu überlegen ergriff er die Flucht.
„Jetzt haben Sie ihn verjagt!“, jammerte Fräulein Liebestreu.
„Ich?“, entgegnete Frau Zickenbusch rabiat, „er ist vor Ihnen geflohen!“
Beleidigt wandte sich Fräulein Liebestreu ab und verließ schnellen Schrittes die Aula.
Draußen im Burghof saßen Tina und Lissi auf einer Bank und unterhielten sich.
„Danke, Lissi, dass du mir geholfen hast.“
„Das war doch selbstverständlich, Tina. Aber sag mal: Sind die eigentlich immer hinter dir her?“
„Seitdem Bianca von Putlitz im Internat ist“, antwortete Tina und erzählte einen Teil ihrer Lebensgeschichte. „Weißt du, nachdem meine Eltern durch einen Autounfall gestorben sind, kam ich direkt in dieses Internat. Ich habe sonst keine Verwandten, außer meinem Opa. Bei dem kann ich aber nicht bleiben, weil die Wohnung zu klein ist und er nicht genügend Geld besitzt, sich eine größere zu mieten. Die Versicherung musste zwar nach dem Unfall eine Entschädigungssumme zahlen, doch mit diesem Geld soll meine Ausbildung finanziert werden. Anfangs habe ich mich schnell mit ein paar Mädchen angefreundet und ich habe mich sehr wohl hier gefühlt. Aber dann kam Bianca von Putlitz. Ach, Lissi, ich habe ihr nichts getan, sie sucht nur Zank und Streit. Wenn ich nur wüsste, warum!“
Lissi schaute Tina mitfühlend an und sagte: „Das alles hat etwas mit Neid zu tun, Tina!“
„Neid?“, fragte Tina erstaunt. „Das verstehe ich nicht, Lissi.“
„Viele Menschen sind neidisch, weil andere mehr Geld haben oder etwas besser können als sie selbst“, erklärte Lissi.

„Was hat das mit Bianca und mir zu tun?“, fragte Tina. „Sie hat doch keinen Grund, neidisch zu sein. Sie hat doch viel mehr Geld als ich und kann sich alles leisten.“
„Es liegt nicht am Geld, es liegt in dir“, entgegnete Lissi, und Tina staunte sie mit großen Augen an.
„In mir?“, fragte sie entgeistert.
„Es ist sehr schwer zu erklären“, meinte Lissi, „es ist wohl besser, ich versuche es dir an einem Beispiel zu veranschaulichen. Das Streben, besser zu sein als andere, ist bei allen Menschen mehr oder weniger stark ausgeprägt. Du findest es überall, beim Sport, im Beruf, in der Schule.“
Tina blickte Lissi an und sagte: „Aber ich lege es doch nicht darauf an, besser zu sein als andere. Ich verletze auch niemanden, wenn ich bessere Noten schreibe, und ich gönne außerdem Bianca ihre sportlichen Erfolge.“
„Das stimmt, Tina“, erklärte Lissi, „du bist auch nicht neidisch, denn du bist mit dir zufrieden. Und du besitzt eine Fähigkeit, die nicht alle Menschen besitzen.“
„Ich?“, fragte Tina ungläubig.
„Ja“, fuhr Lissi fort, „du kannst sehr stark an etwas glauben, andere Menschen überzeugen und für dich und deine Ideen gewinnen.“
„Was erzählst du da, Lissi?“, entgegnete Tina und blickte nachdenklich unter sich. „Willst du damit sagen, dass Bianca nur neidisch ist, weil sie ...?“
Sie unterbrach ihre Gedankengänge und sah Lissi fragend an.
Lissi schaute ganz ernst zurück und sagte: „Genau das ist es, Tina. Bianca spürt diese Stärke und Kraft in dir. Sie fühlt, dass sie dir nicht gewachsen ist. Aus diesem Grund bekämpft sie dich mit allen Mitteln.“
„Du träumst, Lissi. Ich habe von dieser Stärke noch nie etwas gespürt. Nein, Lissi! Ich bin ganz allein. Niemand hilft mir! Alle halten zu Bianca von Putlitz.“

„Aber nein, Tina! Sie haben nur Angst. Sie hören ja nicht freiwillig auf Bianca. Du zweifelst nur noch zu sehr an dir. Glaube mir, irgendwann wirst du nicht mehr allein sein. Ich bin doch schon da."
„Danke, Lissi, du bist echt lieb, aber glauben kann ich nicht, was du erzählst."
Lissi blickte Tina entschlossen an, hielt ihre Hände fest und sagte ganz leise: „Schau, und deine Spieluhr ist auch wieder da."
Und mit einer unglaublichen Eindringlichkeit sprach sie weiter: „Du musst nur glauben, was du schon fühlst, dann wirst du dein Leben selbst in die Hand nehmen."
Den Worten von Lissi nachlauschend spürte Tina andeutungsweise dieses Gefühl der Stärke in sich, das Gefühl der Selbstsicherheit.
„Lissi ist einmalig", dachte sie und drückte ihre Spieluhr ganz fest an sich.
Was Lissi schon alles bewirkt hatte, wie sie einem Mut zusprechen konnte. Ja, Lissi hatte diese Stärke, von der sie gesprochen hatte. Wer war sie überhaupt? Kann ein ganz normales Mädchen solche Gedanken haben? Was hatte sie zuletzt noch gesagt?
„Du musst nur glauben, was du schon fühlst!"
Augenblicklich musste Tina an Felix denken. Schon oft hatte sie ihm heimlich nachgeschaut und sich gewünscht, dass er sie doch einmal ansprechen würde.
„Ach, hätte doch Felix mir das alles gesagt!", flüsterte Tina vor sich hin.
„Hey, wer ist Felix?", fragte Lissi.
Etwas verlegen, dass Lissi ihre Worte gehört hatte, sagte Tina ausweichend: „Ach, eigentlich nur ein sehr netter Junge aus der Stadt."
„Eigentlich nur?", fragte Lissi mit spitzbübischem Grinsen.

## Kapitel 7

## Außergewöhnliche Begegnung im Wald

Dr. Schmaal schnürte sich seine Laufschuhe zu. Seit einem halben Jahr joggte er jeden zweiten Tag eine halbe Stunde im Wald unterhalb der Burg. Frau Zickenbusch hatte seinen Ehrgeiz geweckt.
„Sie haben sich aber außergewöhnlich verausgabt ... sehr außergewöhnlich, Herr Dr. Schmaal“, hatte sie zu ihm gesagt, als er, nach Luft ringend, im dritten Stock des Internats plötzlich vor ihr stand. „In Ihrem Alter sollten Sie etwas langsamer die Treppen hochsteigen, etwas gemächlicher. Schließlich sind Sie ja nicht mehr der Jüngste.“
Was bildete sich diese trainingsbesessene Sportlehrerin eigentlich ein? Er gehörte doch noch nicht zum alten Eisen!
Stocksauer hatte er sich gesagt: „Wenn ich so viel trainieren würde, na dann ...“
Aber diese Ausrede konnte ihn dennoch nicht beruhigen. Oh ja, dieser Stachel saß tief.
„Solch eine Blöße wird sich ein Dr. Schmaal nicht ein zweites Mal geben!“
Von diesem Gedanken getrieben kaufte er sich am nächsten Tag Joggingschuhe.

*

„Etwas langsamer!“
Paul Popowitz tat so, als hätte er nichts gehört, und ging eiligen Schrittes weiter.
„Chef!“, jammerte die Stimme lauter.
Paul Popowitz, auch Pistolen-Paule genannt, beschleunigte seine Schritte.
„Chef“, jaulte die Stimme nach einer kurzen Pause noch lauter.
Ohne sich umzudrehen rief Pistolen-Paule: „Was ist los, Ede?“

„Chef!"
„Was denn, Ede?"
„Ich komme nicht mehr nach."
Pistolen-Paule blieb abrupt stehen, drehte sich um und sagte: „Was soll das Gejammere, Ede? Reiß dich zusammen! Ich will heute noch nach Burgstett. Es kann nicht mehr weit sein. Wenn wir diesen Wald durchquert haben, müssen wir da sein."
„Chef ...!"
„Du nervst, Ede."
„Chef ...!"
Mit erhobenen Arm und ausgestrecktem Zeigefinger stand Ede vor Pistolen-Paule und wollte seinen Satz vollenden. Ede konnte schon nerven. Einen normalen Redefluss hatte er noch nie zustande gebracht. Immer wieder stockte er in einem Satz und begann zu überlegen, was er denn nun eigentlich sagen wollte.
„Ich habe mir eine Blase gelaufen", jaulte Ede.
„Irgendwann schicke ich diesen Deppen in die Wüste", dachte sich Pistolen-Paule.
Andererseits konnte er ihn hervorragend gebrauchen. Eduard Lahm, genannt Ede, war nicht der Hellste, stellte also auch keine dummen Fragen und machte ohne zu murren alles, was er ihm auftrug. Ede und sein Kumpel Ratte waren ihm regelrecht hörig. Seit Jahren halfen sie ihm bei seinen Gaunereien. Eigentlich ein perfekter Zustand, wenn nicht ..., ja wenn nicht dieser Übereifer bei Ede so ausgeprägt wäre. In seinem Übereifer hatte Ede schon die unmöglichsten Situationen heraufbeschworen. So auch heute im Zug!
„Alles habe ich euch erklärt!", erzürnte er sich erneut. „In Burgstett wird ausgestiegen, habe ich euch gesagt."
Dann schrie er los: „Bin ich es etwa schuld, dass wir hier durch den Wald laufen müssen?"

„Ede hat gesagt, dass wir aussteigen sollen", meldete sich Ratte zu Wort.
Hugo Salzheim, genannt Ratte, sah auch aus wie eine Ratte. Unter einer flachen, stark zurückweichenden Stirn funkelten zwei kleine Augen, zwischen denen eine riesige, spitze Nase saß. Dieses Bild verstärkte sich noch dadurch, dass Hugo Salzklein es liebte, seine Haare zu gelen und streng nach hinten zu kämmen.
„Da ...", versuchte sich Ede zu rechtfertigen und stockte wie üblich mitten im Satz.
„Da ..."
Pistolen-Paule blickte Ede genervt an.
„Da stand Burgstett", vervollständigte Ede schließlich seinen Satz
„Toll, Ede, da stand Burgstett-Hohenstein, H-o-h-e-n-s-t-e-i-n, Ede, nicht Hauptbahnhof", warf ihm Pistolen-Paule vor.
Ede schaute verschämt unter sich und scharrte mit dem rechten Fuß verlegen im Laub, das auf dem Waldboden lag.
„Wäre ich bloß nicht eingeschlafen!", fuhr Pistolen-Paule schlecht gelaunt fort und sagte zu Ratte: „Hoffentlich habt ihr die richtige Adresse ausfindig gemacht!"
Unterwürfig, in der Hoffnung Pistolen-Paule etwas zu beruhigen, antwortete Ratte: „Chef, du konntest dich doch immer auf uns verlassen!"
„Genau, Chef", tönte Ede emsig dazwischen.
„Oje", dachte Ratte und zog schon vorsichtshalber den Kopf zwischen die Schultern. „Warum kann Ede den Mund nicht halten? Immer dieser Übereifer!"
„Schnute zu, Ede!", schrie Pistolen-Paule wütend. „Musstest du den Diamanten in die Spieluhr legen?"
„Die ..."
„Wie – die ...? Meinst du die Spieluhr?"
„Nein! Die ..."

„Was – die ...? Diamant ...? Ede ... es heißt *der* Diamant ... nicht *die* Diamant ... der D-i-a-m-a-n-t!“
„Die ... Polizei war doch hinter uns her!“, verteidigte sich Ede.
Von so viel Naivität übermannt schüttelte Pistolen-Paule ratlos den Kopf.
Ratte schaltete sich ein und versuchte zu beschwichtigen: „Wir konnten doch nicht wissen, dass der Alte die Uhr mitnimmt.“
Pistolen-Paule verlor die Nerven und tobte: „Beschränkt, schwachköpfig, richtige Dussel! Noch nicht mal die Adresse habt ihr vollständig ermittelt!“
„Tina Rothenfels“, sagte Ratte unterwürfig.
„In ...“, ergänzte Ede mit erhobenem Zeigefinger und stockte schon wieder, weil ihm der Name der Stadt entfallen war.
Pistolen-Paule atmete tief durch und bemühte sich ruhig zu sein. Bei Ede Langmut zu beweisen war nicht ganz einfach, und nach zweimaligem Nachfragen rückte Ede mit der Sprache raus: „In Burgstett!“
Der aufgestaute Ärger und die Wut über die Arglosigkeit seiner beiden Helfershelfer schlugen bei Pistolen-Paule in Hohn um. Voller Spott nörgelte er: „Super ...! Spitze ...! Zehntausend Einwohner – sollen wir jedes Haus abklappern?“

*

Der Schweiß lief Dr. Schmaal in die Augen. Hastig wischte er sich zum wiederholten Male mit dem Ärmel seines T-Shirts übers Gesicht. Diese Bewegung störte für kurze Zeit seinen Laufrhythmus und machte ihn zunehmend unzufriedener. Er fühlte sich heute gut und lag bei allen seinen Zwischenzeiten ganz dicht an seiner Bestzeit.
„Gut, Johannes ... topfit heute ...! Außergewöhnlich ... ganz und gar außergewöhnlich!“, sagte er zu sich selber und ärgerte sich besonders, dass er sein Stirnband vergessen hatte und deshalb ständig den Schweiß aus den Augen wischen musste.

„Unnötige Rhythmusstörungen ... verhindern Bestzeit ...! Ärgerlich ... unerfreulich ... unbefriedigend! Außergewöhnlich ... himmelschreiend außergewöhnlich!“, murmelte er vor sich hin und steigerte das Tempo.
Dabei konzentrierte er sich auf ein gleichmäßiges, tiefes Atmen, um den Pulsschlag nicht zu sehr in die Höhe zu treiben. Unter sich schauend durchlief er eine Kurve und wäre beinahe mit einem Mann zusammengeprallt, der urplötzlich vor ihm stand. Dr. Schmaal schrak zusammen, blieb wie angewurzelt stehen, schaute hoch und meinte, verblüfft über die unerwartete Begegnung: „Oh ..., drei Herren im Wald ...! Außergewöhnlich ... vollauf außergewöhnlich!“
Sich auf sein Training besinnend begann Dr. Schmaal auf der Stelle zu laufen und sagte: „Guten Tag, meine Herren ... muss trainieren ... Leistung steigern ... besser werden ...! Außergewöhnlich ... kolossal außergewöhnlich!“
Mit offenem Mund staunte Ratte Dr. Schmaal an, der ihm wegen seiner Ausdrucksweise offenbar wie ein Fabelwesen vorkam. Auch Pistolen-Paule war sprachlos und gänzlich überrascht von dieser im wahrsten Sinne des Wortes außergewöhnlichen Begegnung. Lediglich Ede plapperte in seiner Unbedarftheit naturgemäß drauflos und fragte: „Kennen Sie ...?“
„Ja, bitte?“, fragte Dr. Schmaal freundlich zurück, als Ede ins Stocken geriet.
„Kennen Sie eine ...?“, versuchte sich Ede vergeblich aufs Neue.
Dr. Schmaal schaute zuerst Ede etwas irritiert an, blickte sich dann fragend nach den anderen um und vergaß weiterzulaufen. Pistolen-Paule hatte sich schon abgewandt, hielt eine Hand vor die Augen und schüttelte nur noch geschafft den Kopf. Mit ausgestrecktem Arm und erhobenem Zeigefinger stand Ede vor Dr. Schmaal, um ein drittes Mal seinen Satz zu beginnen.

„Ist gut, Ede!“, mischte sich Ratte ein und schob seinen Kumpel zur Seite.
„Kennen Sie vielleicht eine Tina Rothenfels, mein Herr?“, wandte sich Ratte an Dr. Schmaal.
„Tina ...? Tina Rothenfels ...“, sagte Dr. Schmaal, besann sich wieder auf sein Training und begann auf der Stelle zu joggen, „bei uns im Internat ... oben auf der Burg ... außergewöhnliche Schülerin ... hochgradig außergewöhnlich! Hat Freizeit ... nachmittags auf dem Marktplatz ... immer was los ...! Außergewöhnlich ... ganz und gar außergewöhnlich!“
In diesem Moment kam ihm sein unterbrochenes Training in den Sinn und die nicht mehr zu erreichende Bestzeit. Schnell drehte er sich um, lief doch etwas freudlos weiter und rief entschuldigend zurück: „Muss weiter ... darf nicht so viel Zeit verlieren ...! Auf Wiedersehen!“
Staunend schaute ihm Ratte hinterher. Ein derart komisches Exemplar war ihm noch nicht untergekommen.
„Siehste, Chef!“, meldete sich Ede siegessicher wieder zu Wort.
„Was denn, Ede?“
„Jetzt ...“
Pistolen-Paule blieb erstaunlich ruhig.
„Ja, Ede?“
„Jetzt haben wir die Adresse“, sagte Ede und strahlte wie ein Honigkuchenpferd.
„Auch ihr blinden Hühner findet mal ein Korn“, entgegnete Pistolen-Paule geringschätzig und fuhr fort: „Lasst uns jetzt planen, wie wir an den Diamanten kommen.“
Er begann sich in Gedanken mit dem missglückten Raub zu beschäftigen. Dieser Diamant ließ ihn einfach nicht los. Seit Jahren hatte er diesen Bruch geplant und dann kamen ihnen die Bullen in die Quere. 1,5 Millionen Mark! In einer Spieluhr! Vor lauter Groll wurde Pistolen-Paule fast wahnsinnig. Dieser

Ede. Musste der in seiner Dämlichkeit den Diamanten in die Spieluhr legen! Aber das war ja alles Schnee von gestern. Sein ganzes Denken kreiste ab sofort nur noch um ein Thema: „Wie komme ich bloß wieder an den Diamanten?"
„Chef!"
„Halt die Klappe, Ede, ich muss nachdenken!"
„Chef!"
„Ich halte das nicht mehr aus. Schließ ihm die Futterluke, Ratte!", rief Pistolen-Paule und ging ein paar Schritte zur Seite, um seine Ruhe zu haben. Sichtlich aufgeregt lief ihm Ede wie ein Hund hinterher.
„Chef!"
Pistolen-Paule hörte gar nicht mehr hin und überlegte fieberhaft weiter. Unzählige Ideen schossen ihm durch den Kopf, aber keine befand er für gut genug, geschweige denn für durchführbar. Ede trippelte aufgeregt mit den Füßen und versuchte vergebens sich wieder zu Wort zu melden. Ratte gesellte sich zu ihnen und sagte: „Wenn Ede so aufgeregt ist, hat er meist eine gute Idee."
Pistolen-Paule schaute Ratte entgeistert an. Wie konnte jemand auf den Gedanken kommen, dass Ede eine gute Idee hätte. Ede, ausgerechnet Ede!
Paule fühlte sich auf einmal müde und abgespannt. Geschafft von den Ereignissen der letzten Tage und der Einfältigkeit seiner Kumpane wollte er eigentlich nur noch etwas Ruhe. Er setzte sich auf einen Stein und hörte Ede und Ratte unaufmerksam zu. Auf seine typische Art begann Ede seine Idee zu unterbreiten. Nach mehreren Unterbrechungen hatte er ihnen erklärt, dass Tina Rothenfels niemanden von ihnen kennt.
„Eine unglaubliche Logik", dachte Pistolen-Paule voller Ironie. Nachdem Ede aber auch feststellte, dass Tina gar nicht wisse, wo sich der Diamant befinde, horchte Pistolen-Paule ein erstes Mal auf und forderte derb: „Jetzt red schon!"

„Wir kaufen Tina die Uhr ab“, sagte Ede und blickte siegessicher Pistolen-Paule an.
„Ede!“, rief Paule.
„Chef?“
„Eine gute Idee!“, begeisterte sich Pistolen-Paule und war wieder voller Tatendrang.
„Siehste, Chef!“, verkündete Ede voller Stolz.
Ohne noch lange zu überlegen, erteilte er seinen Kumpanen den Auftrag, den Marktplatz zu beobachten und alles auszuspionieren: „Sucht euch unbedingt einen unauffälligen Ort, damit euch niemand sieht!“
Pistolen-Paule war in Hochstimmung! Endlich ein Erfolg versprechender Plan! In Gedanken malte er sich schon seine Rolle aus, die er spielen musste. In diesem Moment meldete sich Ede wieder zu Wort: „Chef!“
„Ja?“, fragte Pistolen-Paule unwirsch.
„Uns ...“
„Na los, Ede!“
„Uns ...“
„Sie ... wir ... uns – jetzt hat er sich schon wieder festgefahren“, seufzte Pistolen-Paule. „Womit hab ich das verdient, Ratte?“
„Uns kennt doch niemand“, sprudelte es aus Ede heraus. Damit wollte er erklären, dass sie sich nicht verstecken müssten.
Pistolen-Paule, von der Diamantenleidenschaft berauscht, ließ sich auf keine Diskussionen mehr ein und befahl energisch: „Ist mir egal! Ihr bleibt in Deckung! Ich muss den Diamanten haben!“

## Kapitel 8

## Jungen begreifen langsamer

„Was machen Sie denn da?"
Fräulein Liebestreu fuhr der Schreck in die Glieder. Gerade noch hatte sie mit sich gerungen, ob sie Dr. Knotterig stören sollte oder nicht, und sich lauschend an seine Tür gelehnt. Sie atmete tief ein, rang mühsam nach Fassung, drehte sich um und sagte abweisend: „Ihnen bin ich keine Erklärungen schuldig, Frau Zickenbusch!"
Ohne Frau Zickenbusch weiter zu beachten, drehte sie sich wieder um und hob ihre Hand, um anzuklopfen.
„Dr. Knotterig ist nicht in seinem Zimmer!"
„So eine aufdringliche und penetrante Person", dachte Fräulein Liebestreu und sagte erbost: „Kümmern Sie sich gefälligst um Ihre Angelegenheiten!"
„Dieter ist meine Angelegenheit!", entgegnete Frau Zickenbusch unverblümt. Fräulein Liebestreu stieg die Zornesröte ins Gesicht.
„Dr. Knotterig ist doch kein Besitztum, wie ...", protestierte sie und geriet ins Stocken.
„ ... Waldemar zum Beispiel", vollendete Frau Zickenbusch höhnisch grinsend den Satz.
Fräulein Liebestreu konnte sich nur noch mit Mühe beherrschen, während ihr zahlreiche Gedanken ungestüm durch den Kopf schossen: „Was bildet sich diese Person überhaupt ein? Eine Duzfreundschaft ist doch keine Verlobung! Dieses eifersüchtige Weibsbild! Bestimmt hat sie hinter mir herspioniert. Der werde ich jetzt die Meinung geigen."
Aufgewühlt hob Fräulein Liebestreu eine Hand, um ihrer Empörung Nachdruck zu verleihen. Frau Zickenbusch wich un-

willkürlich einen Schritt zurück, um einer vermeintlichen Ohrfeige auszuweichen, und rief: „Wagen Sie sich!“
Entgeistert starrte Fräulein Liebestreu ihre Kontrahentin an, musterte sie dann von oben bis unten und bemerkte herablassend: „Wie kommen Sie mir vor? Ich würde mich doch nicht an Ihnen vergreifen. Körperliche Züchtigungen liegen mir fern.“
Wie zwei Kampfhennen standen sich die beiden Frauen gegenüber, und der Streit drohte sich weiter zu verschärfen.
„Guten Tag, Fräulein Liebestreu, guten Tag, Frau Zickenbusch“, erklang eine fröhliche Stimme. Plötzlich stand Lissi neben den beiden Lehrerinnen.
„Ist das nicht ein toller Tag heute?“, rief sie und wandte sich an Frau Zickenbusch. „Das schönste Wetter, um zu trainieren. Laufen Sie heute nicht? Dr. Schmaal ist schon unterwegs.“
Frau Zickenbusch blickte unverzüglich auf ihre Uhr und sagte: „Danke, Lissi, ich hätte es fast vergessen. Hast du keine Lust mitzulaufen?“
„Heute habe ich leider keine Zeit, ich muss gleich noch in die Stadt. Aber morgen könnten wir gemeinsam laufen“, entgegnete Lissi und strahlte Frau Zickenbusch an.
„Okay, Lissi, bis morgen!“, rief diese und eilte, ohne noch ein einziges Mal an den Streit mit Fräulein Liebestreu zu denken, den Flur entlang.
Fräulein Liebestreu blickte Lissi an und sah in ein fröhliches Kindergesicht. Im Inneren der Lehrerin fochten widersprüchliche Gefühle einen Kampf aus. Aus Lissi strömte eine Wärme und Lebensfreude, wie es Fräulein Liebestreu noch bei keinem anderen Kind erlebt hatte. Sie war einem auf Anhieb sympathisch. Fräulein Liebestreu hatte Lissi schon bei ihrer ersten Begegnung auf dem Marktplatz ins Herz geschlossen. Auch wenn sie damals überaus keck und auch ein wenig zu vorlaut war. Aber sie fand wie selbstverständlich den richtigen Ton.

Und jetzt? Diese Freundlichkeit gegenüber dieser Zickenbusch! Ein solches Mädchen kann sich doch nicht mit so einer verbünden! Auch noch gemeinsam trainieren! Fräulein Liebestreu verstrickte sich derart in Gedanken, dass sie beinahe Lissis Worte nicht gehört hätte.
„Fräulein Liebestreu, Dr. Knotterig erwartet Sie im Garten. Er möchte Ihnen den neuen Verschlag für Waldemar zeigen."
Ungläubig schaute Fräulein Liebestreu Lissi an. Andächtig lauschte sie dem Klang der Worte nach, als ob er festzuhalten wäre. Dr. Knotterig hatte nach ihr gerufen. Ein unglaubliches Gefühl der Glückseligkeit breitete sich in ihr aus. Sie hätte Lissi umarmen und küssen können.
„Danke, Lissi", drang es sehnsuchtsvoll aus ihr heraus. Freudestrahlend stand sie vor Lissi, und ein wenig beschämt dachte sie: „Wie konnte ich dir bloß Unrecht tun und glauben, du würdest dich mit ihr, mit dieser ... verbünden?"
Ihren Gefühlen freien Lauf lassend, strich sie Lissi liebevoll übers Haar und eilte sodann dem Garten, Waldemar und Dr. Knotterig entgegen.
Still vor sich hin lächelnd schaute Lissi Fräulein Liebestreu nach und vergewisserte sich, dass ihnen niemand zugehört hatte. Zufrieden begab sie sich auf den Weg in die Stadt. Sie genoss die Stille um sich herum, als sie durch den Wald spazierte, und beschäftigte sich in Gedanken mit den turbulenten Ereignissen der vergangenen Tage. Lissi war mit sich zufrieden. Bisher hatte sie ihre Mission erfüllt.
„Aber etwas vorsichtiger muss ich schon agieren", dachte sie und war sich bewusst, dass sie ihr Geheimnis auf keinen Fall preisgeben durfte. Als Lissi an ihre Lehrpersonen dachte, musste sie schmunzeln. Bei allen hatten sich über die Jahre hinweg auffällige, aber harmlose Eigenarten entwickelt. Eigentlich typisch für Lehrer. Aber auf ihre Art waren sie alle

nett, und die kleinen Streitereien zwischen Fräulein Liebestreu und Frau Zickenbusch waren ja einfach zu erklären.
„Hallo!"
Die fremde Stimme riss Lissi aus ihren Gedanken. Sie blickte hoch und sah einen groß gewachsenen, sportlichen Jungen mit dunklen Haaren vor sich stehen.
„Hallo!", grüßte Lissi zurück und sah in ein Gesicht, das ihr freundlich entgegenlächelte.
„Dich habe ich hier bei uns noch nie gesehen. Bist du auf Besuch oder zugezogen?", fragte der Junge. Lissi fand ihn auf Anhieb sympathisch. Es war keine Neugier, die aus dem Jungen sprach, sondern ehrliches Interesse. Einem solchen Jungen konnte man offen gegenübertreten.
„Ich besuche seit einigen Tagen das Internat auf Burg Hohenstein", erklärte Lissi, „und im Moment möchte ich in die Stadt. Übrigens, ich heiße Lissi."
„Oh, im Internat ...", sprach der Junge leise vor sich hin und wirkte für kurze Zeit gedanklich abwesend.
„Darf ich dich in die Stadt begleiten?", fragte er und vergaß sich vorzustellen.
Lissi lächelte still in sich hinein und sagte: „Ich hab gern nette Gesellschaft, und vielleicht können wir uns näher kennen lernen."
Lissi sah dem Jungen an, dass seine Gedanken sich mit irgendetwas beschäftigten. Auch als Lissi sich zum zweiten Mal vorstellte, reagierte der Junge zunächst nicht, sondern ging gedankenverloren neben ihr her.
„Hey, willst du einen Stummfilm drehen?", scherzte Lissi und stieß ihn an.
„Oh, entschuldige, ich war mit dem Internat beschäftigt", begründete der Junge seine Unaufmerksamkeit.
„Mit dem Internat oder mit den Bewohnerinnen?", fragte Lissi mit einem spitzbübischen Grinsen.

Der Junge stutzte kurz, blickte Lissi an und lachte: „Du kennst dich gut mit Jungen aus, oder?“
Lissi zuckte nur kurz mit den Schultern und lachte zurück.
„Du ... eh ..., wie heißt du eigentlich?“, fragte der Junge.
„Lissi“, entgegnete sie wie selbstverständlich, als ob sie sich noch kein einziges Mal vorgestellt hätte, und beobachtete ihn heimlich aus den Augenwinkeln. Ein gut aussehender Junge, sportlich, gepflegt und trotz seiner Geistesabwesenheit unglaublich nett.
„Du, Lissi, wenn du im Internat bist, kennst du bestimmt auch eine Tina Rothenfels?“, fragte der Junge mit einem unverbindlichen Ton, als wollte er nur das Gespräch nicht beenden, und vergaß dabei ein weiteres Mal sich vorzustellen.
Lissi amüsierte sich köstlich: „Heißt du zufällig Felix?“
Der Junge blieb abrupt stehen, sah Lissi entgeistert an und fragte: „Woher kennst du meinen Namen?“
„Es wird viel von dir erzählt“, meinte Lissi vieldeutig und schaute ihn über ihre hochgezogene Schulter an.
Felix starrte etwas verdattert zurück und meinte: „Ich komme eigentlich mit allen Mädchen gut aus. Aber das ist doch kein Grund, dass viel über mich erzählt wird.“ Er überlegte kurz und fuhr fort: „Jetzt ist mir alles klar! Bestimmt hat dir Bianca von Putlitz von mir erzählt. Die will schon seit Tagen etwas von mir.“
„Ein sportliches Mädchen, du treibst doch auch gern Sport“, deutete Lissi an, um ihn aus der Reserve zu locken. Sie hatte Erfolg.
„Sie ist nicht mein Typ, Lissi“, erzählte Felix, „andere Mädchen sind mir sympathischer, zum Beispiel ...“
„ ... Tina“, ergänzte Lissi und grinste über beide Ohren, als sie sah, wie Felix zusammenzuckte.
„Tina ist sehr nett, aber sie ist auch sehr ...“, meinte Felix, ein wenig verlegen.

„Zurückhaltend, nicht wahr, Felix“, ergänzte Lissi ein weiteres Mal, „aber sie erzählt unglaublich viel von dir.“
„Von mir?“, staunte Felix und bekam den Mund nicht mehr zu.
„Von dir!“, bestätigte Lissi ernsthaft.
Felix verlor selten die Fassung, aber jetzt war es so weit.
„Tina? Unmöglich? Sie hat mich doch nie beachtet!“, dachte er.
„Mit so was macht man keine Scherze, Lissi“, entrüstete er sich lautstark.
„Warum soll ich Scherze machen, Felix?“
„Ich habe bis jetzt noch nie das Gefühl gehabt, dass sie mich mag. Und du, ... du, ... du erzählst hier einfach irgendwelchen Blödsinn“, ereiferte sich Felix.
„Ich habe aber den Eindruck, dass sie dich ganz gern mag“, hielt Lissi dagegen.
„Hör auf, Lissi, es ist jetzt genug!“ Felix war verstimmt, ging wortlos neben Lissi her und dachte: „Warum foppt sie mich bloß? Lissi ist doch keines von diesen Mädchen, die sich daraus einen Spaß machen, andere auf den Arm zu nehmen. Oder täusche ich mich so in ihr? Oder hat sie doch Recht?“
Felix wusste auf einmal nicht mehr, was er denken sollte und trottete einfach weiter.
„Felix!“
Die Stimme kam für ihn wie aus weiter Ferne. Er blieb stehen und schaute Lissi unschlüssig und vorwurfsvoll zugleich an.
„Hat Tina nie hinter dir hergeschaut?“
Felix horchte auf den Klang der Stimme. Da war kein Spott, keine Verhöhnung herauszuhören. Felix wurde immer unsicherer. Lissi meinte es offensichtlich ehrlich.
„Das schon! Aber wenn ich dann versucht habe sie anzuschauen, hat Tina immer weggeschaut“, sagte Felix stockend.

„Jungs, typisch Jungs“, stellte Lissi fest. „Könnte es vielleicht sein, dass Tina schüchtern ist? Dass ihr der Mut fehlt, mit dir Kontakt aufzunehmen.“
Felix konnte nichts mehr sagen. Zwiespältige Gedanken durchwühlten sein Inneres. Lissi könnte doch Recht haben.
„Aber ...“, hörte er sich sagen.
„Kein Aber“, fuhr ihm Lissi in die Parade und erklärte unverblümt: „Tina mag dich, Felix. Sie hat nur in der langen Zeit, seit ihre Eltern tot sind, den Glauben an sich und die Zuversicht verloren.“
Sehr nachdenklich und unter sich schauend murmelte Felix: „Und mir kam es immer so vor, als wolle sie von mir nichts wissen.“
„Wie man sich täuschen kann, junger Mann“, sagte Lissi mitfühlend und fügte hinzu: „Die Zeiten ändern sich.“ Dabei lächelte sie selbstzufrieden in sich hinein.

## Kapitel 9

## Belebte Mülleimer

Frieda konnte sich wie immer auf ihre Schwester Erna verlassen. Wenn es nach Arbeit roch, war sie nicht da. Seit zwei Stunden arbeitete Frieda auf Hochtouren. Vor dem nächsten Ansturm mussten zumindest die Theke und die Gerätschaften gereinigt werden.
„Wo mag sie nur stecken?“, dachte sich Frieda. „Wenigstens die Gäste hätte sie unterhalten können.“
Ohne Erna war es richtig still im Imbiss. Alle Gäste saßen schweigend an ihren Tischen, schauten gelangweilt in die Runde und aßen ihre Currywurst. Frieda konnte nicht als Redekünstlerin bezeichnet werden. Sie lebte und schuftete nach dem Motto: „Sprechen stört bei der Arbeit!“
Keine Gesprächsfetzen, nur das monotone Geklapper von Gabeln und Messern drangen an ihr Ohr. Das konnte einem schon auf die Stimmung schlagen. Um sich abzulenken stürzte sich Frieda noch mehr in die Arbeit.
„Wer wird denn hier beerdigt?“
Ruckartig bewegten sich alle Köpfe in Richtung Tür.
„Hallo, Erna!“, riefen mehrere Gäste gleichzeitig. Ihre eben noch griesgrämigen Gesichter erhellten sich und strahlten Erna an. Von einem Moment auf den anderen veranstaltete Erna mit den Leuten ein Palaver, dass einem Hören und Sehen verging.
„Mach die Zigarre aus, Egon, deine Frau ist mir draußen begegnet!“, rief Erna einem Gast zu, der sichtlich erschrocken seine Zigarrenschachtel verschwinden ließ und die eben angezündete Zigarre in den Abfall warf. Als er nach diesem Schreck in das grinsende Gesicht von Erna blickte und das Gekicher der anderen Gäste vernahm, wurde ihm schlagartig klar, dass Erna ihn auf den Arm genommen hatte.

„Du Satansbraten“, entrüstete er sich, um anschließend mitzulachen. Erna konnte man einfach nicht böse sein.
„Frieda, ein Gratisbier für Egon!“, rief Erna und hatte mal wieder alle für sich begeistert. Frieda bewunderte ihre Schwester aufrichtig. Wie geschickt sie es verstand, Stimmung in die Bude zu bringen.
„Hast du auch genügend Pommes und Würste eingekauft, Frieda?“
Laut und deutlich drang ihre Stimme durch den Imbissraum. Alle Augen hingen wie gebannt an Ernas Lippen, um ja nicht den nächsten Ulk zu verpassen.
„Reicht für ganz Burgstett“, antwortete Frieda ebenso laut und konnte sich noch keinen Reim darauf machen, was Erna beabsichtigte.
„Halt schon mal die Tür auf, Egon! Die Tische vor der Theke bitte zur Seite rücken! Gleich beginnt die Invasion.“
In der Bude war jetzt die Hölle los. Unter lautem Gejohle begann ein lustiges Tischerücken. Erna schlug mit einem Kochlöffel auf einen Topf, und augenblicklich war es mucksmäuschenstill.
„Werte Gäste“, begann Erna ihre Ansprache, „wir, das sind meine Schwester Frieda und ich, bedanken uns bei Fräulein Liebestreu, die jede Woche unseren Umsatz in Schwindel erregende Höhen treibt.“
Andächtig lauschten die anwesenden Gäste, deren Zahl sich in den letzten Minuten sprunghaft erhöht hatte, Ernas Worten.
„Liebes Fräulein Liebestreu“, fuhr Erna bedächtig fort, „wir danken Ihnen, dass Sie mit Umsicht und Weitblick, wider besseres Wissen, die Lehrerschaft und die Mädchen des Internats in unseren Imbiss treiben. Wir danken Ihnen für die regelmäßige Verabreichung ihrer Kohl-, Kappes- und Körnerkost im Internat.“

Die Leute wieherten vor Lachen. Erna hatte für genügend Gesprächsstoff gesorgt und gleichzeitig den Umsatz angekurbelt, denn immer mehr Neugierige betraten den Imbiss. Erna ging zu Frieda hinter die Theke und begann zu arbeiten. Frieda verstand die Welt nicht mehr und schaute ihre Schwester verdutzt an. Eine Sensation! Erna arbeitete ohne Aufforderung!
„Was haben wir denn jetzt?“, brach es aus Frieda heraus.
Schlagartig änderte sich bei Erna die Gemütslage und sie blickte ihre Schwester sehr ernst an.
„Ich muss mit dir reden“, sagte sie, „ich mache mir Gedanken.“
Frieda kannte Erna nur zu gut, musterte sie schweigend und tippte: „Um Tina, nicht wahr?“
Erna nickte leicht mit dem Kopf und grübelte vor sich hin, ohne etwas zu sagen.
„Tina hat es nicht leicht“, meinte Frieda, „sie wird von diesen drei Weibern ganz schön unter Druck gesetzt. Vor allem diese ..., wie heißt sie noch mal?“
„Bianca von Putlitz!“, ergänzte Erna bitterböse. „Solch eine dreiste und freche Göre ist mir noch nicht untergekommen. Wie die sich vor einigen Tagen uns gegenüber benommen hat. Das ist fast nicht zu glauben. Gegen die hat Tina einfach keine Chance.“
„Du meinst also, Tina kann sich gegen diese Bianca nicht wehren?“, fragte Frieda nachdenklich.
„Dafür ist Tina zu anständig und vor allem zu zurückhaltend“, versuchte Erna zu erklären. „Sie müsste einfach allen Mut zusammennehmen und sich wehren.“
„Einfacher gesagt, als getan, Erna“, sagte Frieda. „Ist es bei uns beiden nicht ähnlich? Du kannst doch auch besser mit Leuten umgehen und ihnen die Meinung sagen.“
„Ja, sicher, Frieda“, bekundete Erna etwas unwirsch, „aber wenn du erbost und gereizt bist, dann wehrst du dich auch. Aber Tina ..., die müsste einfach ...“

„Einfach ... einfach ..., wenn ich das höre! Für Tina ist es offensichtlich nicht so einfach!“, entgegnete Frieda hastig und musste sich zwei Gästen zuwenden, die ihr Essen bestellten. Aufgewühlt stocherte Erna mit einer Gabel in den Zwiebeln herum, die leicht brutzelnd in der Pfanne schmorten.
„Glaub mir eins, Frieda, ich passe jetzt auf!“, tönte Erna.
Mehrere Portionen Pommes ins heiße Fett werfend, rief Frieda: „Erna, mach bitte zwei Currywürste klar!“
„Die wird sich noch wundern!“, platzte es aus Erna heraus, während sie energisch zwei Bratwürste durch den Wursthäcksler schob.
„Erna, den Ketchup nicht vergessen!“, mahnte Frieda und beobachtete ihre Schwester, die sich immer mehr in Rage redete.
„Gib her, Erna“, sagte sie dann und schob die Schwester zur Seite, um schneller arbeiten zu können. Wie ein Racheengel stand Erna hinter Frieda und führte Selbstgespräche. Der blanke Zorn blitzte aus ihren Augen. Nachdem Frieda die beiden Gäste bedient hatte, nahm sie ihre erboste Schwester in den Arm und sagte sehr bestimmt: „Schalt mal einen Gang zurück, Erna! Mit Wut im Bauch kommen wir nicht weiter. Wir beide kümmern uns jetzt um Tina. Aber wir bleiben ganz ruhig.“
„Drei Currywürste mit Pommes bitte!“, schallte eine Bestellung über die Theke.
„Komm, Erna, wir haben Kundschaft!“

*

Draußen auf dem Marktplatz herrschte wie immer ein geschäftiges Treiben. Niemand achtete auf die Mülltonnen, die vereinzelt oder in Gruppen vor den Häuserfronten standen. Warum auch, schließlich waren Mülltonnen nichts Besonderes und vor allem nichts Aufregendes. Doch plötzlich hob sich der Deckel einer Mülltonne wie von Geisterhand um einige Zentimeter nach oben. Dann fiel er wieder zu. Kurze Zeit später bewegte

der Deckel sich wieder nach oben. Zwei Augen lugten durch den Schlitz und richteten sich auf die Nachbartonne.
„Ratte ..., Raaatteee ...!“, rief verhalten eine Stimme aus der Tonne.
Ganz langsam öffnete sich die andere Mülltonne.
„Was ist los?“
„Alles ...“, fragte die Stimme aus der ersten Mülltonne und stockte.
„Was – alles?“
„Alles klar, Ratte?“
„Ede, du nervst!“
„Wo ...?“
„Sei leise, Ede!“
„Wo ...?“
„Bleib in Deckung, Ede!“
„Wo ist PP?“
Ganz deutlich war ein tiefer Seufzer aus der Tonne zu vernehmen.
„Pistolen-Paule wird gleich kommen“, entgegnete Ratte und wollte den Deckel wieder schließen.
„Hoffentlich!“, ächzte Ede und rief wehleidig: „Du ...“
Ratte hob seinen Deckel ein Stück höher und fragte: „Ja?“
„Du, Ratte ...“
„Was denn?“, schnaufte Ratte ungeduldig zurück.
„Hier ...“
Diese ständigen Unterbrechungen erbosten Ratte so sehr, dass er den Deckel noch höher anhob und Ede anfuhr: „Hier ...? Wie – hier ...? Du bist hier und ich bin hier! Pistolen-Paule ist noch nicht hier – klar?
„Hier ...“, erklang treuherzig Edes Stimme, „hier drin stinkt es!“
Wenn Ratte ein Gebiss gehabt hätte, es wäre ihm aus dem Mund gefallen.

Plötzlich näherten sich Schritte.
„Da kommt jemand! Tonne zu, Ede!“, rief Ratte, und augenblicklich klappten die Deckel zu.
Eine Mädchengruppe aus dem Internat bummelte an den Mülltonnen vorbei. Zwei Mädchen blieben stehen. Das eine bückte sich, um die Schnürsenkel zu binden, und legte eine Spieluhr auf Rattes Mülltonne. Das andere Mädchen stützte sich auf der Tonne ab, schaute in Richtung Imbiss und seufzte: „Riech mal, Tina, die Bratwürste duften wieder so verführerisch.“
Kaum war der Name Tina gefallen, hob sich wie auf Kommando einer der beiden Mülltonnendeckel hoch. Ede sah die Spieluhr direkt vor sich liegen. Die beiden Mädchen bemerkten nicht, dass sie beobachtet wurden. Er zitterte vor Aufregung.
„Ich hab einen Mordshunger, Tina.“
Langsam streckte Ede seinem Arm nach der Spieluhr aus.
„Ich auch, Isabelle“, antwortete Tina, „diese Körnerkuren von Fräulein Liebestreu sind nicht mein Fall.“
Gleich hatte er sie erreicht!
„Dann auf zu Erna und Frieda!“, rief Isabelle.
Tina ergriff ihre Spieluhr, und die beiden eilten davon.
Ede glotzte ungläubig auf den leeren Deckel der Mülltonne.
Langsam öffnete sich der Deckel.
„Beinahe ...“, flüsterte Ede aufgeregt.
„Was – beinahe?“, fragte Ratte.
„Beinahe hätte ich sie gehabt!“
Ede zappelte in seiner Tonne hin und her.
„Wen gehabt, Ede?“, schnaufte Ratte ungeduldig.
„Die ...“, jaulte Ede fassungslos.
„Du bist ja total durchgedreht. Beruhige dich!“
„Die ... die ... die Spieluhr!“
Ratte blickte Ede mit offenem Mund an und war sprachlos.
„Trotzdem ...“, versuchte sich Ede zu beruhigen, „geniales ...“

„Was?“, fragte Ratte verständnislos.
„Geniales ...“
„Geniales ...? Was – geniales? Geniales ... eh ... geniales Essen?“, rief Ratte.
„Geniales Versteck!“, stellte Ede selbstzufrieden fest, „jetzt ...“
Entnervt ließ Ratte seinen Deckel zufallen.
„Ratte!“ Der Deckel blieb zu.
„Raatteee!“ Der Deckel blieb immer noch zu.
Ede schob einen Arm durch den Spalt und klopfte auf den Deckel.
„Ratte!“
Langsam öffnete sich die andere Mülltonne.
„Ja, Ede?“, ächzte Ratte leise vor sich hin.
„Jetzt ...“
„Ja, Ede?“, fragte Ratte schicksalsergeben.
„Jetzt kennen wir Tina!“, tönte Ede voller Stolz.
„Ja, Ede!“
In diesem Augenblick näherten sich wieder Schritte, und die Deckel klappten zu.

## Kapitel 10

## Für kein Geld der Welt

Isabelle verschlang mit einem wahren Heißhunger ihre Currywurst.
„Iss doch etwas langsamer!“, sagte Tina und staunte Isabelle an, die mit dicken, voll gestopften Backen neben ihr an einem Stehtisch stand.
„Mmmh“, brummte Isabelle und kaute unbeeindruckt weiter.
„Ich habe einen Mordshunger“, brabbelte sie mit vollem Mund und stopfte ein paar Pommes nach.
„Fräulein Liebestreu würde garantiert ohnmächtig“, mutmaßte Tina, „wenn sie dir beim Essen zusehen könnte!“
Isabelle nutzte die momentane Mundleere, die sich nach drei kräftigen Schluckbewegungen ergab, um sich zu rechtfertigen: „Gerade die Liebestreu ist es schuld, dass ich so einen Hunger habe. Jede Woche dieses Gemüse-Einerlei. Mein Magen stößt mittwochs schon Seufzer aus, nur weil freitags der Kräuter- und Pflanzentag bevorsteht. Ich hab heut noch nichts gegessen, Tina!“
Schnell vertilgte sie noch den kümmerlichen Rest auf ihrem Teller und erklärte: „Ich hol mir noch eine Currywurst mit Pommes!“
Während Isabelle Richtung Imbiss abrauschte, leerte Tina gemütlich ihren Teller und schaute in Gedanken versunken vor sich hin.
„Hallo, Tina!“
Tina schreckte hoch und nahm ein lachendes Mädchengesicht wahr: „Ach, Lissi, an dich hab ich gerade gedacht.“
„Wirklich, an mich ...?“, fragte Lissi verschmitzt, und als Tina sie verdattert ansah, ergänzte sie übermütig: „Schau, ich hab dir Felix mitgebracht!“

Tina hatte natürlich Felix sofort neben Lissi entdeckt, sich aber gescheut, ihn anzuschauen.
„Lissi!", empörte sich Tina, und ihr Gesicht überzog sich mit einem leichten Rotschimmer.
Felix übersah ihre kleine Unsicherheit und begrüßte Tina: „Hi, schön dich zu sehen. Wie geht's dir? Hast eine nette Mitschülerin bekommen."
Tina spürte auf einmal einen dicken Kloß im Magen, und aus einem Gefühl der Eifersucht heraus fragte sie: „Lissi gefällt dir wohl gut, Felix?"
Felix war sprachlos. Was sollte er antworten? Sich verteidigen? Warum? Wofür? Während er sich mit solchen Gedanken beschäftigte, hörte Felix, wie Lissi versuchte zu beschwichtigen: „Tina! Wir haben uns zufällig getroffen."
Tina wandte sich traurig ab und dachte tief enttäuscht: „Lissi und Felix! Ausgerechnet Lissi! Das darf doch nicht wahr sein ... sie weiß doch ... und ich mag doch Lissi ... und Felix ..." Wie auf einer Achterbahn sausten ihre Gefühle zwischen Sympathie und Eifersucht auf und ab. Plötzlich schämte sie sich, überhaupt solche Gedanken zu spüren. Sie hatte doch gar kein Recht, eifersüchtig zu sein. Dann hörte sie Lissis Stimme: „Felix hat mir eine Menge über dich erzählt."
Ungläubig staunte sie Lissi an: „Über mich?"
„Ja, über dich!", bekräftigte Lissi ihre Aussage, und Tina blickte mit großen Augen verwundert und verblüfft zwischen Lissi und Felix hin und her.
Diesmal stellte sich bei Felix eine leichte Unsicherheit ein. Verdutzt über diesen für ihn ungewohnten Zustand, versuchte er die Situation zu überspielen, indem er die Mädchen aufforderte: „Hey, lasst uns das Thema wechseln! Ich lade euch zu einer Cola ein." Felix schaute sich um und sah Erna in ihrer Nähe stehen: „Hallo, Erna", rief er, „könntest du uns bitte drei Cola bringen?"

„Für dich immer, mein Junge“, schallte es herzlich zurück. Erna, die sich nach wie vor um Tina Sorgen machte, stand schon längere Zeit in ihrer Nähe. Geschickt hatte sie sich ihnen genähert, indem sie vorgab, einige Stehtische zu säubern, und mit Genugtuung das Gespräch belauscht.
Ein paar Tische entfernt stand Bianca von Putlitz mit ihrem Gefolge. Vera Buckes wischte sich eben mit einer Serviette den Mund ab, stieß Bianca an und deutete auf Felix: „Schau mal, Bianca. Dein Schwarm Felix kümmert sich um Tina!“
Bianca überhörte geringschätzig Veras Anspielung und schaute in eine andere Richtung. In ihrem Innern brodelte es. Als sie Anne sagen hörte „Das würde mir aber stinken“, stand sie kurz vor einem Tobsuchtsanfall.
Giftig keifte sie zurück: „Felix gibt sich doch nicht mit so einer ab!“
„Sie scheinen sich aber zu mögen!“
Bianca kochte vor Wut. Am liebsten hätte sie Anne verprügelt. Irgendwie hatte sie das Gefühl, dass ihr die Fäden aus der Hand glitten. Solche Sticheleien war sie von Anne und Vera nicht gewohnt. „Die müssen mal wieder in die Schranken gewiesen werden“, dachte sie und sagte laut: „Quatsch! So ein Blödsinn! Ich werde mich jetzt mal bemerkbar machen!“
Bianca schüttelte hochnäsig ihren Kopf, strich sich selbstgefällig durch die Haare und stolzierte hinüber zu Felix, Lissi und Tina. Geringschätzig drehte sie Tina den Rücken zu und wandte sich siegessicher an Felix: „Hallo, Felix! Hast du etwas Zeit für mich?“
Felix schaute Bianca eine Zeit lang nachdenklich an und antwortete freundlich: „Ist es etwas Wichtiges, Bianca? Wenn es geht, helfe ich dir gern.“
„Weißt du, Felix“, holte Bianca siegesgewiss aus, „wir beide sollten uns näher kennen lernen. Wir haben noch den ganzen

Nachmittag vor uns. Keine Lust auf eine gemeinsame Unternehmung?“
Vollkommen still stand Tina auf ihrem Platz und lauschte mit Spannung dem Gespräch. Auch Lissi sagte keinen Ton. Sie blickte Felix nur kurz an und beobachtete aus den Augenwinkeln Erna, die sich ihnen wieder geschickt genähert hatte. Lissi lächelte still in sich hinein, und zufrieden hörte sie zu, als Felix in unmissverständlichem Ton erklärte: „Entschuldige, Bianca, aber wir haben so eine nette Gesprächsrunde. Ich würde mich gerne noch mit Tina und Lissi unterhalten.“
Bianca wollte sich ihre Niederlage nicht eingestehen und versuchte ein weiteres Mal Felix von ihren Vorzügen zu überzeugen. Als Felix schließlich nachfragte, ob sie schwerhörig sei, rauschte Bianca erbost von dannen.
„Oh, oh!“, kommentierte Lissi mit einer wippenden Handbewegung den Vorfall, und Erna wandte sich zufrieden ab.
Tina war einfach nur glücklich. Felix hielt zu ihr! Instinktiv griff sie nach ihrer Spieluhr. Seit sie diese wieder besaß und seit Lissi da war, kam auch der Lebensmut zurück. Tina begann wieder an sich zu glauben.
Ganz in der Nähe schlich Paul Popowitz, alias Pistolen-Paule, umher. Immer wieder blickte er flüchtig auf seine Armbanduhr, um anschließend ungeduldig den Marktplatz und seine gesamte Umgebung zu mustern.
„Wo sind denn die Deppen?“, sagte er leise zu sich selber, reckte seinen Kopf seitlich über die Schulter und stieß mit Felix zusammen, der zufällig seinen Weg kreuzte, um nach Erna und den Getränken zu schauen.
„Pass doch auf, du Pfeife!“, fuhr Pistolen-Paule Felix an und ging einfach weiter. Felix schaute ihm zunächst verdutzt nach, dann schüttelte er den Kopf. Als er den Mund öffnete, um sich über dieses unhöfliche Verhalten zu beschweren, stand plötz-

lich Erna neben ihm und verkündete: „Die gewünschten Getränke, junger Mann!“
„Klasse, Erna“, bedankte sich Felix und dachte nicht mehr an den unerfreulichen Zusammenstoß. Bei Pistolen-Paule verstärkte sich der Ärger über Ratte und Ede von Minute zu Minute.
„Diese Pflaumen sollten doch die Lage beobachten!“, schimpfte er vor sich hin. Missmutig trat er gegen eine Mülltonne, die ihm im Weg stand. Er erschrak fast zu Tode, als sich unverhofft der Deckel hob. Entgeistert starrte er in das Gesicht von Ede.
„Hallo, Chef!“, posaunte Ede stolz aus seinem Versteck. „Da ...“
Pistolen-Paule drückte kurzerhand den Deckel zu.
„Diese Blindgänger! Mit solchen Flaschen kann man sich nur blamieren“, dachte er sich und blickte sich um, ob ihn auch niemand beobachtete. Langsam hob er den Deckel hoch und fragte: „Wo ist Ratte?“
„Hier, Chef!“, ertönte es aus der anderen Mülltonne.
Pistolen-Paule zuckte abermals zusammen und ächzte: „Mein Gott!“
„Da ...“, meldete sich Ede wieder zu Wort und stockte.
„Ooooooohhhhh!“, stöhnte Pistolen-Paule und fasste sich an den Kopf.
„Da ...“, versuchte sich Ede schon zum dritten Mal.
„Jetzt geht das schon wieder los!“, jammerte Pistolen-Paule und ließ sich auf den Deckel von Rattes Tonne fallen. Ratte verschwand mit einem Klagelaut in der Versenkung.
„Da ...“, fing Ede wieder an und wurde von Pistolen-Paule giftig unterbrochen: „Ich weiß, dass Ratte da drin ist!“
Ede duckte sich eingeschüchtert in seine Mülltonne und streckte nur noch die Hand raus. Der ganze Stolz über sein geniales Versteck war verflogen. Total verängstigt deutete er mit

dem Daumen in Richtung Imbiss und vollendete schließlich doch noch seinen Satz: „Da ... da ist Tina!“
„Wo ist Tina?“, platzte es aus dem überraschten Pistolen-Paule heraus. Blitzartig veränderte sich seine Laune. Bebend vor Ungeduld musterte er die Menschen am Imbiss. Vorsichtig schob Ede seinen Kopf aus der Tonne und deutete auf Tina. Auch Ratte wagte es wieder, seinen Deckel zaghaft anzuheben.
„Aah, das ist also Tina!“, rief Pistolen-Paule entschlossen. „Verhaltet euch ruhig!“
Brutal schlug er die beiden Deckel der Mülltonnen zu. Nur noch ein dumpfes Plumpsen und Jammern hallte aus den Tonnen. Pistolen-Paule versuchte seine Nervosität zu bändigen und atmete tief durch, bevor er sich auf den Weg zu Tina machte. Entschlossen gesellte er sich zu der Gruppe um Tina und begrüßte sie sehr höflich und zuvorkommend: „Guten Tag, Tina!“
Überrascht blickte Tina hoch, betrachtete den ihr fremden Mann von oben bis unten und fragte zurückhaltend: „Kennen wir uns? Ich glaube, ich hab Sie noch nie zuvor gesehen.“
„Sicher, ... nicht direkt“, lenkte Pistolen-Paule ein, „ich kenne deinen Opa sehr gut.“
„Sie kennen Opa?“, fragte Tina sichtlich interessiert und legte einen Teil ihrer Zurückhaltung ab. Pistolen-Paule bemerkte die Veränderung bei Tina sofort und versuchte die Situation zu nutzen: „Er hat mir viel von dir erzählt. Dass ihr beide früher viel zusammen unternommen habt ...“
Pistolen-Paule verwickelte Tina derart geschickt in ein Gespräch, dass sie jegliche Zurückhaltung aufgab. Sie freute sich einfach nur, etwas von ihrem Opa zu hören.
Misstrauisch beobachtete Felix den Mann, der ihn fast umgerannt und angeschnauzt hatte.

„Ja ja, dein Opa und ich, wir haben uns oft in meinem Geschäft getroffen und uns über alte Spieluhren unterhalten", hörte Felix den Fremden erzählen.
„Spieluhren?", fragte Tina neugierig und erzählte freimütig von ihrer eigenen Spieluhr. Pistolen-Paule hätte sich vor Begeisterung am liebsten auf die Schulter geklopft.
„Gleich hab ich sie eingewickelt", dachte er sich und fragte laut nach: „Du hast eine Spieluhr? Das ist aber toll! Darf ich sie mal sehen? Vielleicht ist sie besonders kostbar. Ich bin Antiquitätenhändler und interessiere mich brennend für alte Spieluhren."
Felix wurde immer misstrauischer, und Pistolen-Paule hoffte, in wenigen Sekunden die Spieluhr in Händen zu halten. Fieberhaft dachte er über eine sofortige Fluchtmöglichkeit nach. Mit einem Mal spürte er jemanden hinter sich und blickte sich kurz um. Ein großer Junge, der ihm bekannt vorkam, stand dicht hinter ihm. Er machte einen sehr sportlichen Eindruck. Blitzschnell verwarf er seinen Fluchtplan.
Inzwischen zog Tina ihre Spieluhr aus der Tasche und hielt sie vertrauensselig Pistolen-Paule hin. Dieser jubilierte innerlich. Er streckte die Hand aus, um zuzugreifen, als plötzlich ein anderes Mädchen die Spieluhr in Händen hielt.
„Es ist wirklich eine schöne Spieluhr und kostbar ist sie auch. Sehr kostbar sogar", sagte Lissi und betrachtete sie von allen Seiten.
„Diese Göre!", fluchte Pistolen-Paule unhörbar und bot seine ganze Willenskraft auf, um ruhig zu bleiben. Hastig versuchte er die Lage zu seinen Gunsten zu verändern: „Deine Freundin hat Recht, Tina. Das ist eine sehr kostbare Spieluhr. Ich würde sie gern kaufen und biete dir eintausend Mark." Pistolen-Paule versuchte nach der Spieluhr zu greifen, doch Lissi drehte sich einfach ab und stellte sich neben Tina.
„Eintausend Mark! Das ist sehr viel Geld", stammelte Tina verwirrt, „damit könnte ich einige meiner Probleme lösen."

„Aber, Tina! Du kannst doch deine Spieluhr nicht verkaufen", hielt Lissi dagegen, „du hängst doch so sehr an ihr!"
Aberwitzige Gedanken beschäftigten Tina, und vollkommen unschlüssig schaute sie zwischen Lissi und Pistolen-Paule hin und her.
„Zweitausend Mark!"
Wie ein Blitz schlugen die beiden Worte ein.
„Zweitausend Mark", staunte Tina ungläubig und flehte Lissi Hilfe suchend an: „Lissi, was soll ich tun?"
„Überleg es dir gut!"
Lissis Stimme klang sehr geheimnisvoll, als sie die Spieluhr in Tinas Hände legte. Total verunsichert und fast verzweifelt suchte Tina den Blickkontakt zu Lissi. Für einen kurzen Moment machte sich eine bedrückende Stille breit.
„Hier stimmt etwas nicht!", meinte Felix.
Pistolen-Paule verlor für einen kurzen Augenblick seine Beherrschung und fuhr den Jungen an: „Misch dich nicht ein!"
„Jetzt zeigt der Herr sein wahres Gesicht! Immer weiter so! Vor ein paar Minuten haben Sie mich fast umgerannt und angeschrien. Merken Sie sich eins: Ich lasse mir von Ihnen nicht das Wort verbieten!"
Keineswegs überraschend gesellten sich auch Erna und Frieda zu Felix und unterstützten ihn: „Richtig, Felix! Der schleicht schon die ganze Zeit hier herum."
„Dreitausend Mark!"
„Ich behalte meine Uhr!", erwiderte Tina mit fester Stimme.
Unbemerkt schloss Lissi für einen kurzen Augenblick ihre Augen und atmete tief durch.
„Gib sie her!", schrie Pistolen-Paule hysterisch und griff nach der Spieluhr.
In diesem Moment fuhr Felix dazwischen und drängte ihn zur Seite.

„Haben Sie nicht verstanden?", fauchte er Pistolen-Paule an. „Tina behält ihre Spieluhr. Verschwinden Sie!"
Rasend vor Wut griff Pistolen-Paule unter sein Jackett und umfasste den Griff seiner Waffe. Als Erna und Frieda wieder neben Felix auftauchten, signalisierte ihm der letzte Rest an Denkvermögen: „Zu viele Zeugen!"
Pistolen-Paule ließ seine Waffe stecken, drehte sich wortlos um und verschwand mit eiligen Schritten. Schlecht gelaunt blieb er am anderen Ende des Marktplatzes stehen und überhörte das monotone Klappern der Müllabfuhr. Unwillig hing er seinen Gedanken über die vertane Chance nach.
„Haben Sie Probleme?", fragte eine Mädchenstimme.
Unwirsch drehte sich Pistolen-Paule ab.
„Kann ich Ihnen helfen?"
„Lass mich in Ruhe! Wer bist du überhaupt?", knurrte Pistolen-Paule zurück.
„Ich bin eine Mitschülerin von Tina!"
Pistolen-Paule wurde neugierig und fing an zu überlegen.
„Ich hätte da so meine Möglichkeiten!"
„Interessant", meinte Pistolen-Paule und strich sich nachdenklich übers Kinn.
Zwei Müllmänner schoben zwei Mülltonnen an ihm vorbei. Unverhofft klappten die Deckel hoch.
„Chef ...!"

## Kapitel 11

## Tipps

„Ich weiß nicht mehr, was ich machen soll!"
Dr. Knotterig saß an seinem Schreibtisch und telefonierte. Mit einem Kugelschreiber malte er unsinnige Figuren auf seinen Notizblock.
„Du kennst doch Brigitte", sagte er ins Telefon, „die lässt niemals locker. So verbissen Brigitte ihren Sport betreibt, so hartnäckig bekämpft sie auch Fräulein Liebestreu."
„Du bist ein gefragter Mann", lachte die Stimme am anderen Ende der Leitung.
„Mensch, Erwin, auf den Arm nehmen kann ich mich selber", entgegnete Dr. Knotterig sauer, „ich hatte mir einen Rat von dir erhofft. Jetzt reden wir schon eine halbe Stunde und dir fällt nichts anderes ein, als mich hochzunehmen."
Stille!
„Ich schleiche mich ja schon in der Dunkelheit oder morgens in aller Frühe zu Waldemar, nur damit ich nicht von Fräulein Liebestreu abgefangen werde."
„Wer ist Waldemar?", fragte sein Gesprächspartner.
„Ein Zwergkaninchen, das mir Fräulein Liebestreu geschenkt hat. Wenn ich ihn tagsüber füttere, steht sie sofort neben mir", klagte Dr. Knotterig. „Ich kann das auch nicht den Hausmeister machen lassen. Waldemar ist ein persönliches Geschenk von ihr."
Das andere Ende der Leitung blieb stumm.
„Und dieses Gezänk! Glaub mir, Erwin, die beiden Frauen machen mich fix und fertig!"
Sein Gesprächspartner schwieg.

„Neulich ...“, begann Dr. Knotterig und schilderte ausführlich seine Notlage, als er zum wiederholten Male in einen Streit der beiden Frauen hineingezogen worden war.
Wieder keine Antwort.
„Erwin, bist du noch da?“, fragte Dr. Knotterig aufgeregt ins Telefon.
„Natürlich, Dieter, ich höre dir aufmerksam zu“, beruhigte ihn sein Freund.
„Ich kann mich nur noch in Arbeit stürzen oder sie vortäuschen, um nicht ständig umgarnt zu werden.“
„Es gibt nur zwei Möglichkeiten, Dieter. Entweder eine räumliche Trennung – oder du entscheidest dich für eine der beiden Frauen“, erklärte sein Freund Erwin.
„Eine räumliche Trennung ist unvorstellbar. Ich hänge doch so an dem Internat. Ja, und die andere Möglichkeit ..., ich kann mich einfach nicht entscheiden, Erwin.“
„Dann hast du ein Problem“, entgegnete Erwin trocken.

*

Pistolen-Paule saß mit seinen beiden Kumpanen im Café Mozart unweit vom Marktplatz. Schweigend brütete er über einer Tasse Kaffee und blickte geistesabwesend zum Fenster hinaus. Ede und Ratte wagten es nicht, ihren Chef anzusprechen.
„Wir müssen in das Internat!“, grübelte Pistolen-Paule und suchte seit Stunden krampfhaft nach einer guten Idee, um die Burg unauffällig auszuspionieren. Er selber konnte sich dort nicht mehr sehen lassen. Tina und dieses andere Mädchen kannten ihn. Überhaupt, diese ..., wie hieß sie noch gleich ..., diese Lissi, die hatte ihm alles verdorben. Tina hätte ihm die Spieluhr verkauft, da war er sich sicher.
Ede und Ratte allein ins Internat? Unvorstellbar! Garantiert würden sie wieder irgendeinen Blödsinn anstellen. Mülltonnen als Versteck! Unglaublich! Beinahe wären sie im Müllauto gelandet. Pistolen-Paule hörte noch diese Internatsschülerin

lachen. Internatsschülerin? Er stutzte. Was hatte sie noch gesagt? Sie hätte da so ihre Möglichkeiten.
„Das ist es!“, rief Pistolen-Paule. „Ede, Ratte!“
Ede sprang so schnell hoch, dass er mit seinem Knie gegen das Tischbein stieß und mit schmerzverzerrtem Gesicht wieder auf seinen Stuhl zurückfiel.
Pistolen-Paule schüttelte nur den Kopf und befahl: „Ihr bringt mir dieses Mädchen her, diese ..., ich weiß den Namen nicht. Ihr wisst schon! Die auf dem Marktplatz bei mir stand.“
„Tina!“, warf Ede ein.
„Nein, du Pfeife, die andere!“, schrie Pistolen-Paule, und einige Gäste schauten entrüstet zu ihnen herüber.
„Keine Sorge, Chef“, beeilte sich Ratte zu beschwichtigen, „ich weiß Bescheid. Komm, Ede!“
Ratte strebte eilig den Ausgang an, und Ede humpelte hinter ihm her. Pistolen-Paule bestellte sich noch einen Kaffee und überlegte fieberhaft, wie er dieses Mädchen nutzbringend in seine Pläne einspannen könnte.
Es dauerte über eine Stunde, bis die beiden zurückkamen. Ede strahlte über das ganze Gesicht und wollte schon lautstark berichten, als ihm Pistolen-Paule derb über den Mund fuhr: „Wo ist sie? Ihr solltet sie doch mitbringen!“
Ratte schob Ede auf seinen Stuhl und begann zu erklären: „Sie heißt Bianca und will sich mit dir in einer halben Stunde im Wald an der Wanderhütte bei dem kleinen Teich treffen. Auf dem Marktplatz ist es ihr zu auffällig. Sie möchte nicht mit uns gesehen werden.“
„Ein gerissenes Luder“, dachte sich Pistolen-Paule, „da muss ich vorsichtig taktieren.“
„Ihr bleibt hier!“, befahl Pistolen-Paule. „Ich bin in einer Stunde wieder da.“

Bis zu dem kleinen Teich waren es knapp 15 Minuten Fußmarsch. Er schaute auf seine Uhr. Ja, er hatte noch genügend Zeit, um gemächlich den Treffpunkt zu erreichen.
Bianca ließ auf sich warten. Pistolen-Paule schaute zum wiederholten Male ungeduldig auf seine Uhr. Der vereinbarte Zeitpunkt war schon um mehr als zehn Minuten überschritten. Länger als eine halbe Stunde wollte er auf gar keinen Fall warten.
Plötzlich stand Bianca vor ihm: „Sie wollen also die Spieluhr haben?"
Pistolen-Paule sah sie argwöhnisch an und nickte zustimmend mit dem Kopf.
„Warum sind Sie eigentlich an diesem blöden Ding interessiert?"
„Vorsicht", signalisierte sein Gehirn, „sei auf der Hut! Du hast es mit einem raffinierten Luder zu tun."
Sehr zuvorkommend und höflich, wie es sich für einen geschäftstüchtigen Antiquitätenhändler gebührt, erklärte er: „Bestimmte Gegenstände stellen nur für einen Sammler einen hohen Wert dar. Ich sammle Spieluhren, und genau dieser Uhrentyp fehlt noch in meiner Sammlung. Von dieser Spieluhr wurden nur wenige Exemplare hergestellt, und deshalb ist sie so wertvoll für mich."
Pistolen-Paule spürte regelrecht Biancas Blicke, die ihn prüfend abtasteten.
„Geschickt ist sie", dachte er, „aber nicht geschickt genug."
Dann hörte er sie sagen: „Na ja, wer's glaubt – egal! Was springt für mich dabei heraus?"
Pistolen-Paule war überhaupt nicht überrascht, wie zielstrebig und ausgekocht Bianca zur Sache ging. Eigentlich hatte er damit gerechnet und sich schon darauf eingestellt. Lange Verhandlungen nützten hier nichts. Zudem wusste er nicht genau, wie viel Bianca auf dem Marktplatz mitbekommen hatte.

„Ein Tausender könnte drin sein!“
Bianca stimmte sofort zu und unterbreitete ihren Plan: „Um 19.30 Uhr schleuse ich Sie ins Internat. Ich verstecke Sie in der Besenkammer. Um 20.00 Uhr haben wir eine Chorprobe. Tinas Zimmer und die Zimmer der Mädchen im dritten Stock sind dann leer. Alle Mädchen aus dem Flur sind bei der Chorprobe. Wenn Sie die Spieluhr haben, verstecken Sie sich wieder. Um 22.00 Uhr ist Bettruhe. Um 23.00 Uhr werden die Tore des Internats verschlossen. Bis dahin müssen Sie verschwunden sein.“
„Können wir uns nicht direkt auf die Zimmer schleichen?“, fragte Pistolen-Paule.
„Nein! Um diese Zeit ist zwar eine Tanzprobe, aber nicht alle Mädchen aus Tinas Flur nehmen daran teil. Sie sind dann noch oben auf ihren Zimmern“, erklärte Bianca.
„Es gibt doch bestimmt eine Aufsicht?“, fragte Pistolen-Paule weiter.
„Bis 23.00 Uhr. Aber lassen Sie das nur meine Sorge sein“, sagte Bianca selbstgefällig.
„Du scheinst ja ganz schön ausgekocht zu sein!“, bemerkte Pistolen-Paule beiläufig.
Bianca stutzte kurz und erwiderte überheblich: „Danke, aber ich möchte Ihnen keine Konkurrenz machen.“ Dann wandte sie sich ab, um zu gehen.
„Einen Moment noch!“, rief Pistolen-Paule. „Ich komme nicht selber. Ich schicke dir meine beiden Helfer.“
„Auch gut“, rief Bianca zurück und war verschwunden.

*

Tina schob einige Löwenzahnblätter durch den Draht der Käfigtür. Waldemar zupfte von der anderen Seite kräftig mit und äugte Tina mümmelnd an.
„Ist er nicht süß, Lissi?“, meinte Tina und schob noch eine Pflanze nach.

„Gib ihm nicht zu viel Futter, Tina, sonst bekommst du Ärger mit Fräulein Liebestreu!“, entgegnete Lissi und amüsierte sich. „Nicht nur unserer Essen wird in gesundheitlicher Hinsicht überwacht.“
Tina kicherte: „Na, du kleiner Mümmelmann! Hast du aber Hunger! Hast du heute noch nichts gefressen?“
„Oje, wenn das Fräulein Liebestreu wüsste“, seufzte Lissi. „Armer Dr. Knotterig!“
In diesem Augenblick bog Fräulein Liebestreu um die Ecke des Wirtschaftsgebäudes, sah die beiden Mädchen vor dem Käfig stehen und beschleunigte ihre Schritte.
„Hat Dr. Knotterig vergessen, Waldemar zu füttern?“, rief sie den beiden zu.

„Nein, nein, Fräulein Liebestreu“, beruhigte Lissi ihre Lehrerin, „wir wollten Waldemar nur etwas verwöhnen. Er frisst doch so gerne Löwenzahn.“
„Eine sehr gesunde Pflanze“, bestätigte Fräulein Liebestreu, „aber bitte nicht zu viel. Waldemar wird sonst zu fett.“
„Keine Angst, Fräulein Liebestreu“, erklärte Lissi, „ wir haben ihm nur zwei Pflanzen gegeben.“
„Prächtig, Lissi“, sagte Fräulein Liebestreu, kontrollierte kurz den Käfig und meinte nachdenklich: „Löwenzahn ist sehr gesund. Wir sollten ihn beim Essen als Salat anbieten.“
„Wir sind doch keine Kaninchen“, wollte Lissi sagen, doch Tina stupste sie noch rechtzeitig in die Rippen.
„Komm, Lissi, wir gehen noch etwas spazieren“, sagte Tina und zog Lissi am Arm mit sich. „Bis nachher, Fräulein Liebestreu!“
„Bis nachher“, antwortete Fräulein Liebestreu in sich vertieft. Sie hatte nur noch Augen für Waldemar und war in Gedanken bei seinem Besitzer.
Langsam und still schlenderten die beiden Mädchen nebeneinander her. Tina dachte an Felix, blickte Lissi immer wieder von der Seite an und traute sich nicht, sie anzusprechen. Als sie sich dem kleinen Teich näherten, kam ihnen Bianca entgegen, die grußlos vorbei wollte.
„Hallo, Bianca!“, grüßte Lissi freundlich.
Notgedrungen und mit verkniffenem Gesicht grüßte sie kurz zurück und eilte in Richtung Internat.
„Sie kann ihre Niederlage bei Felix nicht verdauen“, sagte Lissi und schaute Tina an. Tina blieb stehen und fing an zu sprechen: „Du, Lissi ...“
„Komm, wir setzen uns auf die Bank!“, unterbrach Lissi ihre Freundin. „Im Sitzen kann man sich besser unterhalten.“
Tina saß still neben Lissi und wusste einfach nicht, womit sie beginnen sollte.

Zu viele Gedanken machten sich in ihr breit.
„Red einfach drauflos“, forderte Lissi sie auf, „ich höre dir zu!“
„Felix und du“, brach es aus ihr heraus, „ihr seid so nett.“ Dann schwieg sie wieder.
„Wo ist dein Problem Tina?“, fragte Lissi. „Komm, erzähl es mir!“
Tina zauderte und schämte sich ein wenig.
„Ich war eifersüchtig“, murmelte sie leise, „und du bist doch meine Freundin. Eine Freundin, wie ich sie noch nie hatte.“
Lissi legte einen Arm um Tina und sagte: „Du magst ihn sehr, nicht wahr?“
Tina nickte nur leicht mit dem Kopf und begrub das Gesicht in ihren Händen. Lissi zog langsam Tinas Hände von ihrem Gesicht und blickte sie mitfühlend an.
„Es war so schön mit Felix und dir zusammen zu sein“, erklärte Tina mit weinerlicher Stimme und sprach stockend weiter: „Felix und du, ihr ... ich glaube, Felix ... er mag dich ... er will bestimmt, dass du seine Freundin ...“
Lissi rüttelte Tinas Arme und erwiderte: „Felix ist nett, und wir verstehen uns gut. Mehr nicht.“
„Du hast so viele Eigenschaften, die ich nicht habe“, hielt Tina dagegen.
„Rede nicht solchen Unsinn, kein Mensch ist perfekt. Jeder hat Stärken und Schwächen. Man muss nur seine Stärken erkennen und daran glauben.“
„Aber ...“
„Kein Aber! Es ist nicht so, wie du denkst!“
„Stimmt das wirklich?“
„Ja, Tina!“
„Aber die anderen Mädchen!“
„Hast du nicht gesehen, wie Bianca bei ihm abgeblitzt ist?“
„Sicher, aber nur weil du da warst.“

„Tina! Felix hat dir doch sofort geholfen, als dich dieser fremde Mann belästigte, der angeblich ein guter Freund deines Opas ist."
„Das hätte Felix doch bei jedem Mädchen gemacht."
„Merkst du denn nicht, dass Felix dich am meisten mag?"
„Warum soll Felix ausgerechnet mich mehr mögen?"
„Das musst du selbst herausfinden. Ich kann es dir nur sagen."
„Aber ich bin mir so unsicher."
„Felix hat mir genau dasselbe erzählt."
Tina schaute Lissi überrascht an. Das hatte sie nicht erwartet. Felix unsicher? Den Eindruck hatte sie nie gehabt. Im Gegenteil. So selbstsicher, wie er mit den Mädchen umging, konnte sie sich das gar nicht vorstellen.
Plötzlich hörte sie die Melodie ihrer Spieluhr. War es Wirklichkeit oder träumte sie? Neben ihr auf der Bank stand ihre Spieluhr, die sie immer bei sich trug. Ungläubig schaute sie Lissi an. Hatte Lissi ihre Spieluhr betätigt? Während die Melodie leise verklang, dachte Tina an den einen Satz, den Lissi ihr gesagt hatte: „Du musst nur glauben, was du schon fühlst!"

## Kapitel 12

## Halleluja

Ein hämmernder Beat klopfte an die Fensterscheiben der altehrwürdigen Aula auf Burg Hohenstein.
„Nicht so unbeweglich, meine Damen!“, ertönte die energische, bisweilen keifende Stimme von Frau Zickenbusch. Die tanzenden Mädchen mit Argusaugen beobachtend, gab sie ihre punktgenauen Kommandos.
„Die wäre besser Feldwebel geworden“, dachte Fräulein Liebestreu, die etwas ungeduldig auf die Beendigung der Tanzstunde wartete. Wenigstens weilte Dr. Knotterig neben ihr. So ließ sich das Warten auf die Chorprobe aushalten. Die musische Bildung der jungen Mädchen erachtete sie als den höchsten Bildungsauftrag. Ihr ganzes Streben gipfelte darin, edle Kunst und wahre Kultur mit ihren geistlichen Gesängen zu verwirklichen, ganz in der Tradition eines angesehenen Internates. Und dann dieses Herumgehopse. Nein, damit konnte sie sich einfach nicht anfreunden.
„Danke, das wird bestimmt ein Höhepunkt der Spanischen Nacht auf dem Marktplatz“, bemerkte Frau Zickenbusch stolz mit erhobener Stimme und konnte es sich nicht verkneifen, einen anzüglichen Blick auf Fräulein Liebestreu zu werfen.
Mit hochroten Köpfen und schnell atmend nahmen die Mädchen das Kompliment ihrer Lehrerin dankbar entgegen. Auch Dr. Knotterig nickte zufrieden mit dem Kopf. Ganz Burgstett würde die internatseigene Tanzgruppe wieder als die Attraktion ihres alljährlichen Festes feiern.
„Sie können mit Ihrer Chorprobe beginnen“, wandte sich Frau Zickenbusch gönnerhaft lächelnd an Fräulein Liebestreu.

„Frau Zickenbusch, ein toller ...“, versuchte Dr. Knotterig ein Lob auszusprechen, wurde aber von Fräulein Liebestreu jäh unterbrochen.
„Sie können auch ruhig Brigitte sagen“, platzte sie heraus, „schließlich sind Sie beide doch per du!“
Etwas irritiert vollendete der Internatsdirektor sein Lob: „Ein sehr schöner Tanz, Frau ... äh ... äh, Brigitte.“ Dr. Knotterig wusste nicht, welche der beiden Frauen, die sich streitsüchtig gegenüberstanden, er anschauen sollte.
„Oh ... oho ... dicke Luft! Liebestreu ... Zickenbusch ... sehr dicke Luft ...! Außergewöhnlich ... absolut *nicht* außergewöhnlich!“, kommentierte Dr. Schmaal, der sich zu ihnen gesellt hatte.
Ohne Dr. Schmaal auch nur eines Blickes zu würdigen, übte Fräulein Liebestreu ihre allseits bekannte Kritik: „Ich habe bezüglich Ihres Komplimentes da so meine Bedenken, Herr Direktor. Die Tänze von Frau Zickenbusch sind mir alle zu gewagt, will nicht sagen frivol.“
Frau Zickenbusch konterte prompt: „Sie und Ihre unzeitgemäßen Phantastereien. Sie haben doch mittlerweile an allem etwas auszusetzen!“
„Und Sie müssen sich überall in den Vordergrund spielen!“, rief Fräulein Liebestreu und warf den Kopf in den Nacken.
„Aber, meine Damen, nicht schon wieder!“, versuchte Dr. Knotterig die beiden zu beruhigen, wohl wissend, dass die Tatsache, dass er noch Junggeselle war, einen nicht ganz unbedeutenden Grund für deren Rivalität darstellte.
Doch so sehr er sich auch bemühte, seine Verehrerinnen hielten nichts von einem Waffenstillstand. Immer wieder traktierten sie sich mit neuen Höflichkeiten. Wie ein Häufchen Elend stand Dr. Knotterig daneben und wusste sich keinen Rat mehr.
Dr. Schmaal betrachtete das sich ihm bietende Schauspiel und rieb sich genüsslich das Kinn. „Liebesneid ... rasende Frauen ...

verstörter Direktor ... armer Dieter! Außergewöhnlich ... herzzerbrechend außergewöhnlich!"
Inzwischen hatten sich alle Chormädchen in der Aula versammelt. Einige Mädchen näherten sich den Lehrpersonen. Die beiden Streithühner besannen sich beim Anblick ihrer Schülerinnen, und Frau Zickenbusch verließ umgehend den Raum. In ihrem Schlepptau befand sich Dr. Knotterig, der noch entschuldigend den Blickkontakt zu Fräulein Liebestreu suchte. Schließlich hatte sie ihm Waldemar geschenkt.
Erschöpft setzte sich Fräulein Liebestreu auf eine Bank und bat die Mädchen noch um etwas Geduld. Nach den aufregenden Minuten musste sie wieder zu Kräften kommen. Die Mädchen hatten glücklicherweise von dem Streit nicht viel mitbekommen, und die meisten lümmelten sich in der Aula herum.
Tina sang schon seit Jahren im Chor mit, und es bedurfte keiner großen Überredungskunst, Lissi zum Mitsingen zu bewegen.
„Ach, Lissi, zum Glück habe ich meine Spieluhr nicht verkauft. Sie ist mir doch viel wichtiger als Geld."
„Das denke ich auch. Außerdem erschien mir dieser Typ auch sehr eigenartig", charakterisierte Lissi kurz und bündig Pistolen-Paule.
„Und du, Lissi, du bist mir auch wichtig. Ich hatte noch nie eine bessere Freundin", gab Tina etwas verlegen zu verstehen und konnte ihre feuchten Augen kaum verbergen. Lissi legte ihren Arm um Tinas Schulter und drückte sie ganz fest an sich. Deutlich hatte sie Tinas Vergangenheit vor Augen. Es wurde höchste Zeit, dass Freude, Zuversicht und Glück in Tinas Leben zurückkehrten. Tina spürte die Wärme, die Lissi ausstrahlte, und genoss jede Sekunde mit ihr.
„Seitdem du hier bist, geht es mir viel besser. Es ist einfach nur schön", flüsterte Tina Lissi ins Ohr.

„Das liegt bestimmt nicht an mir“, schwächte Lissi ab, „denk daran, was ich dir gesagt habe!“
„Aufstellung, meine Herrschaften!“
Die Aufforderung von Fräulein Liebestreu, die offensichtlich den kurzen Schwächezustand nach Beendigung des Streites überwunden hatte, unterbrach das innige Gespräch der beiden Mädchen.
Eilig formierten sich die Mädchen stimmenweise. Fräulein Liebestreu nahm ihren Taktstock in die Hand und begann wie immer das Einsingen mit ihren selbst erarbeiteten Stimmbildungsübungen.
„Lalalala ...“, die Tonleiter rauf und runter.
Obwohl sie nicht gerade ein Temperamentswunder war und eine Witzwundertüte schon gar nicht, schätzten die Mädchen sie doch sehr. Den Schülerinnen gegenüber war sie immer ausgeglichen, freundlich, hilfsbereit und sehr gerecht.
Nach der zehnminütigen Einsingübung verkündete sie stolz: „Heute proben wir ein von mir selbst komponiertes Halleluja! Die Melodie habe ich unserem Internat gewidmet.“
Wen wunderte es, dass die Mädchen diese Bekanntgabe leicht schmunzelnd zur Kenntnis nahmen, wohl wissend, dass Fräulein Liebestreu das Internat mit Dr. Knotterig gleichsetzte.
„Haaaleeluujaa ... Haaaleeluujaa ...“
Die Melodie, die aus Fräulein Liebestreus Kehle erklang, war gewiss wohlklingend, Begeisterungsstürme entfachte sie aber nicht.
„Sehr nett, Fräulein Liebestreu, eine tolle Melodie!“, rief Lissi anerkennend. „Aber ein wenig mehr Pepp würde der Melodie gut tun.“
„Also, Lissi! Pepp! Ich bitte dich! Das ist doch kein billiger Schlager!“, entrüstete sich Fräulein Liebestreu, die einen Angriff auf ihre geistlichen Gesänge vermutete.

„Sie verstehen mich völlig falsch, Fräulein Liebestreu. Ihre Melodie ist großartig. Aber sie könnte noch besser klingen“, versuchte Lissi zu erklären.
„Lissi, wie stellst du dir das denn vor?“, fragte Fräulein Liebestreu nun doch neugierig nach.
„Na, ... etwas gospelmäßiger, ... so, ... ja, ... mehr so, ... groovig angetörnt“, erläuterte Lissi. „Wenn die Engel im Himmel singen, dann klingt das freudig. Sie jubilieren! Da geht die Post ab, Fräulein Liebestreu!“
In ihrem Eifer war Lissi wieder drauf und dran, sich um Kopf und Kragen zu reden. Doch mitten in die Diskussion platzte Bianca von Putlitz, die zu spät zur Chorprobe eintraf. Ihr niederträchtiges Vorhaben hatte sie unterdessen vollendet, Ratte und Ede unbemerkt ins Internat geschleust und in der Besenkammer versteckt. Scheinheilig entschuldigte sie sich für ihre Verspätung. Fräulein Liebestreu ermahnte Bianca nur kurz und wandte sich wieder interessiert Lissi zu: „Etwas schwungvoller, meinst du? Dann los! Sing doch mal vor, Lissi!“
Dieses Angebot ließ Lissi sich nicht entgehen. Sie stellte sich vor die Mädchen, bewegte sich rhythmisch zum Takt und forderte alle zum Mitklatschen auf. Mit glockenklarer Stimme brachte sie die Melodie ihrer Lehrerin so richtig zum Swingen. Diese Stimme, diese rhythmische Leichtigkeit! Fräulein Liebestreu konnte es nicht fassen. Bald sangen alle mit und tanzten durch die altehrwürdige Aula. Selbst Fräulein Liebestreu ertappte sich dabei, wie sie leicht mit den Hüften wackelte. Aber das war ihr in diesem Moment völlig gleichgültig. Der Klang ihrer Melodie, die das ganze Internat erfüllte, und die Begeisterung der Mädchen machten sie glücklich.
Alle ihre Hemmungen über Bord werfend, frohlockte sie: „Lissi, das hat himmlisch geklungen! Du singst wie ein Engel!“
Alle Mädchen standen begeistert um Lissi herum und waren voll des Lobes. Selbst Vera und Anne strahlten Lissi an. Nur

Bianca von Putlitz stand allein in der Tür und blickte neidisch zurück. Dann eilte sie davon.
Fräulein Liebestreu tanzte von Glückseligkeit berauscht durch die Aula und rief voller Entzücken: „Wenn das der Herr Direktor gehört hätte! Das muss ich ihm erzählen! Halleluja!"

## Kapitel 13

### Drei Nickerchen sind zwei zuviel

„Du, Ratte!“
„Ja, Ede.“
„Hat ...“
„Ja, Ede.“
„Hat ...“
Ratte saß zusammengekauert auf einem Putzeimer und stützte seinen Kopf mit einer Hand ab. Diesmal blieb er die Antwort schuldig. Ede störte sich nicht daran und redete weiter: „Hat doch gut geklappt.“
„Mmmh“, brummte Ratte vor sich hin.
„Was ist los, Ratte?“, fragte Ede und schüttelte ihn an der Schulter.
„Sei still! Ich werde langsam nervös“, herrschte ihn Ratte an.
„Aber wir ...“, versuchte sich Ede und stockte.
„Was – wir ...?“
„Wir ...“, unternahm Ede den nächsten Anlauf.
„Genau, Ede! Wir ...! Wir sitzen immer noch in der Besenkammer!“, fuhr Ratte seinen Kumpel an.
Ede schüttelte den Kopf und konnte es wieder einmal nicht fassen, dass man ihn nicht aussprechen ließ. Das hatte er doch gar nicht gemeint. Siegessicher, aber mit einem kleinen Stopp, verkündete Ede: „Nein, Ratte. Wir ... wir haben doch die Spieluhr!“
„Mensch, Ede, natürlich haben wir die Spieluhr“, belehrte ihn Ratte, „aber wir sitzen auch noch in der Besenkammer. Es ist schon 21.45 Uhr und von dieser Bianca ist nichts zu sehen.“
Ede blickte Ratte betroffen an und erklärte mit einem einfältigen Gesichtsausdruck: „Jetzt, wo du das sagst! Das stimmt!“
„Ich will hier raus!“, schrie Ratte. „Ich kriege Platzangst!“

„Pssst!“, zischte Ede. „Wenn uns jemand ...“
In diesem Moment ging die Tür zur Besenkammer auf und Bianca schlüpfte hinein. „Seid ihr komplett verrückt, so zu schreien?“, schnauzte sie los.
„Das war Ratte!“, beeilte sich Ede zu sagen, um im nächsten Moment laut aufzustöhnen: „Auuh!“ Ratte, vom Übereifer seines Kumpanen genervt, hatte ihm einen deftigen Rippenstoß verpasst.
„Schluss mit dem Kinderkram!“, befahl Bianca. „Ihr verhaltet euch noch eine halbe Stunde ruhig! Ich schalte nur noch die Aufsicht aus, dann könnt ihr verschwinden.“
„Müssen wir auf irgendetwas aufpassen?“, fragte Ratte geschäftig nach und war erleichtert, dass sie bald das Weite suchen konnten.
„Nein“, erläuterte Bianca, „einfach den Flur entlang und die Treppe runter. Die Tür im Eingangsbereich ist noch eine Stunde offen.“
Schnell schaute Bianca auf ihre Uhr und ergänzte: „So gegen 22.20 Uhr könnt ihr aufbrechen! Klar? Ich komme nicht mehr bei euch vorbei. Sagt eurem Chef, dass wir uns morgen um 15.00 Uhr am kleinen Teich treffen.“
Vorsichtig öffnete Bianca die Tür der Besenkammer, kontrollierte den Flur, lief zum Treppenhaus und sah von oben Fräulein Liebestreu ganz allein im Eingangsbereich des Treppenhauses sitzen und in einem Fotoalbum blättern.
Langsam schlich sie die Treppe hinunter, näherte sich ihrer Lehrerin und wünschte scheinheilig einen ‚Guten Abend’.
Fräulein Liebestreu schaute überrascht von ihrem Fotoalbum hoch, blickte auf die große Schuluhr in der Eingangshalle und rügte: „Bianca, es ist gleich 22.00 Uhr. Du solltest dich auf dein Zimmer begeben!“

„Ich weiß, Fräulein Liebestreu“, heuchelte Bianca unterwürfig mit gesenktem Kopf, „ich wollte mich bei Ihnen nur noch entschuldigen, weil ich so spät zur Chorprobe gekommen bin.“
Als das Wort Chorprobe fiel, begeisterte sich Fräulein Liebestreu aufs Neue über die überaus gelungene und beglückende Gesangsstunde: „War das nicht toll, Bianca? Solch eine märchenhafte Chorprobe habe ich noch nie abgehalten. Wenn das Dr. Knotterig miterlebt hätte!“
„Er wäre genauso begeistert gewesen wie wir alle“, schleimte Bianca und nutzte ihr Schauspieltalent, um sich zu verstellen, „vor allem von ihrer Melodie, Fräulein Liebestreu. Einzigartig!“
Fräulein Liebestreu war baff! Wie nett diese Bianca doch sein konnte!
„Danke, Bianca“, sagte sie, „ich freue mich, dass du das so empfindest. Aber jetzt musst du auf dein Zimmer. Es wird höchste Zeit.“
Bianca ließ sich ihre Anspannung nicht anmerken und fragte bedachtsam: „Soll ich Ihnen noch Orangensaft aus der Küche holen? Den trinken sie doch so gerne.“
Fräulein Liebestreu verstand die Welt nicht mehr. Eine hilfsbereite Bianca von Putlitz! Offenbar schlugen ihre pädagogischen Maßnahmen doch an.
„Solch positives Verhalten muss unterstützt werden“, überlegte sich Fräulein Liebestreu und willigte ein. Bianca eilte in die Küche, nahm eine Karaffe, füllte sie und mischte eine gehörige Portion Schlafmittel hinein.
„Bald ist sie ihre Spieluhr endgültig los, die dumme Gans“, dachte Bianca, und ein hämisches Grinsen verunstaltete ihr Gesicht zu einer Grimasse. Wie bei einem Chamäleon veränderte sich ihr Gesichtsausdruck, als sie die Küche verließ. Geschickt war sie und eine begnadete Schauspielerin.

„Das ist lieb von dir, Bianca“, bedankte sich Fräulein Liebestreu, „und jetzt: Gute Nacht!“
„Gute Nacht, Fräulein Liebestreu“, wünschte auch Bianca und sprang die Treppe hoch. Auf halber Höhe blieb sie stehen, drehte sich noch einmal um und rief mit freundlicher Stimme: „Und schlafen Sie gut!“
„Danke, Bianca!“, rief Fräulein Liebestreu zurück.
„Es ist unglaublich, wie herzlich sie sein kann. Man täuscht sich doch in nichts mehr als in den Menschen“, überlegte sich Fräulein Liebestreu und nahm einen großen Schluck Orangensaft zu sich.
Sie nahm ihr Fotoalbum wieder zur Hand und blätterte weiter. Fräulein Liebestreu klebte nicht einfach nur Bilder in ihr Album, sie gestaltete es künstlerisch aus. Mit Tuschestiften zeichnete sie kleine Skizzen, malte prachtvolle Verzierungen oder schrieb kurze Anekdoten hinzu. Eben schlug sie die Seiten mit den Bildern von ihrem letzten Chorkonzert auf und abermals wurde sie von ihren Gefühlen überwältigt. Welch eine Chorprobe!
Diese Lissi! Diese Stimme – dieses Rhythmusgefühl! Welch ein Talent! Eine immense Bereicherung für ihren Chor!
Fräulein Liebestreu malte sich schon in Gedanken das nächste Konzert mit Lissi als Solistin aus. Sie schwelgte in Gedanken, sah wahre Begeisterungsstürme losbrechen, den Erfolg für die Mädchen, das Internat und Dr. Knotterig, der ihr begeistert zujubelte.
„Dr. Knotterig muss unbedingt die nächste Chorprobe miterleben“, dachte sie und nahm nochmals einen Schluck Orangensaft zu sich. Alles würde sie für ihren innig geliebten Dieter tun. Dieter! Wenn nur diese Brigitte Zickenbusch nicht wäre!
„Was hat diese ...?“, grübelte Fräulein Liebestreu, und eine bleierne Müdigkeit machte sich in ihr breit. Sie wischte sich unwillkürlich über die Augen und bemühte sich, ihre Gedanken

wieder aufzugreifen. „Was hat diese Frau nur an sich ...? Sport ist doch nicht alles ...!“
Es fiel ihr immer schwerer, sich zu konzentrieren und wach zu bleiben. Nur noch Gedankenfetzen konnten der Müdigkeit trotzen.
„Anstrengender Tag heute ... leg mich direkt ins Bett ... sie duzt ihn ... unverschämt ... ooohhh ... Dieter ... ihr Niveau ... Dieter ... hab ich ... doch allemal ... Dieter ... Diiie ...“
Fräulein Liebestreu versank ungewollt und unwissend in einen heimtückisch geplanten Tiefschlaf. Leise schnarchend, aber mit einem überglücklichen Gesichtsausdruck, saß sie in dem kleinen Sessel im Foyer. Das Fotoalbum glitt ihr aus den Händen und rutschte auf den Boden. Einsam und verlassen stand eine fast volle Karaffe mit Orangensaft auf dem Tisch.

*

Ratte spähte durch die nur wenig geöffnete Tür der Besenkammer in den Flur.
„Alles ruhig“, sagte er und nickte zur Bestätigung. „Komm, Ede! Nichts wie weg!“ Vorsichtig nach allen Seiten Ausschau haltend, schlichen die beiden durch den Flur zum Treppenhaus. Ede hielt die Spieluhr mit beiden Händen fest, als ob er Angst hätte, sie ein weiteres Mal zu verlieren.
„Bleib stehen“, flüsterte Ratte, „da ist jemand!“
„Wo?“, fragte Ede.
„Sei leise! Bleib in Deckung!“, befahl Ratte und näherte sich dem Treppengeländer. „Hör doch!“
Bevor Ratte seinen Kumpel festhalten konnte, schob der seinen Kopf über das Geländer und blickte hinunter ins Foyer.
„Da ...!“
Pause.
„Was – da ...?“, fragte Ratte und zog Ede hinter das Geländer.
„Da schnarcht eine Frau!“
„Das hört man doch, Ede. Ist sie allein?“

„Ja, Ratte"
Erleichtert atmete Ratte tief durch, hielt Ede am Arm fest, zog ihn zur Treppe und flüsterte ihm ins Ohr: „Das ist die Aufsicht! Ganz leise! Nur nicht aufwecken! Gleich haben wir es geschafft, Ede."
Auf Zehenspitzen schlichen die beiden die Treppe hinunter und erreichten unbehelligt das Foyer.
„Tiefschlaf!", stellte Ratte beruhigt fest, als sie Fräulein Liebestreu gegenüberstanden.
„Komm, Ede!", sagte Ratte und wandte sich ab, um die Vorhalle zu verlassen.
„Ratte ...!", rief ihm Ede leise nach. Ratte drehte sich um und blickte Ede fragend an.
„Ich ...", flüsterte Ede.
„Ja?"
„Ich hab ein Problem!"
„Was denn?", fragte Ratte nach.
„Tja ..."
„Drück's raus, Ede!"
„Ich ... ich habe Durst!"
„Doch nicht jetzt!", entsetzte sich Ratte und schaute seinen Kumpel entrüstet an, der ihn mit treuherziger Hundemiene anbettelte.
„Da ...", begann Ede und blickte mit großen Augen an Ratte vorbei.
Dieser schreckte zusammen, als er die aufgerissenen Augen sah.
„Kommt da jemand?", fragte er gehetzt und blickte sich hastig nach allen Seiten um.
„Da ... da steht Orangensaft. Nur ein Glas!", bettelte Ede.
Beruhigt, dass niemand sie entdeckt hatte und die Aufsicht tief und fest schlief, stimmte Ratte zu: „Na gut ..., aber jeder nur ein Glas, und dann nichts wie weg!"

Ede stellt die Spieluhr auf den Tisch und goss ein.
Genüsslich schlürfte er den Orangensaft in sich hinein und reichte Ratte ein gefülltes Glas, das dieser mit einem Zug austrank.
„Köstlich!“, jauchzte Ede.
Auch Ratte schien der Saft zu schmecken. Durstig von dem langen Aufenthalt in der Besenkammer tranken sie die Karaffe leer. Ratte wischte sich noch die letzten Reste Orangensaft vom Mund ab, als er Ede stammeln hörte: „Ra ... Ra ... Ratte ...!“
Ratte spürte, wie eine unendlich große Müdigkeit in ihm hochkroch. Er konnte kaum noch die Augen aufhalten und sah, dass Ede mit geschlossenen Augen direkt neben der Aufsicht auf einem kleinen Sofa saß.
„Verdammt! Was ist hier ...? Hier stimmt etwas nicht ...!“, schoss es durch seinen Kopf, dann schlief er ein.
Gleichmäßige Atemgeräusche und leises Schnarchen erfüllten das Foyer, und auf dem Tisch standen eine leere Karaffe und eine Spieluhr.
Plötzlich waren auf der Eingangstreppe polternde Schritte zu hören. Jemand kehrte aus der Stadt zurück. Die Eingangstür öffnete sich und Dr. Schmaal betrat die Vorhalle. Überrascht blickte er sich um: „Oh ... alles schläft ... Fräulein Liebestreu hat Besuch ... oho ...! Außergewöhnlich ... extrem außergewöhnlich!“
Dr. Schmaal schaute sich die beiden Männer etwas genauer an: „Oh ... zwei alte Bekannte ... aus dem Wald ... außergewöhnlich ... komplett außergewöhnlich!“
Dann entdeckte er Tinas Spieluhr und vergaß augenblicklich die drei schlafenden Personen. Von einem unerklärlichen Drang getrieben, nahm er die Spieluhr an sich, um sie Tina zu bringen. Ohne sich auch nur ein einziges Mal umzudrehen, ging er die Treppe hoch, bog in den Flur zu Tinas Zimmer ein und zuckte zusammen.

„Hast du mich erschreckt!“, stöhnte er auf und griff sich mit der rechten Hand ans Herz. „Mein Gott, wer rechnet denn mit so etwas! Um diese Zeit sind doch alle auf ihrem Zimmer!“
Dr. Schmaal sprach auf einmal nicht mehr in seinem sonst üblichen Telegrammstil. Doch dann hatte er sich wieder gefasst und ergänzte: „Außergewöhnlich ... absolut außergewöhnlich!“
Lissi lächelte ihn verständnisvoll an und sagte, als ob sie schon alles wüsste: „Guten Abend, Herr Dr. Schmaal. Vielen Dank, dass Sie Tinas Spieluhr an sich genommen haben. Wir haben sie schon vermisst. Ich wollte sie gerade holen und sie Tina zurückbringen.“
Dr. Schmaal lauschte Lissis Worten nach.
„Ein bemerkenswertes Mädchen!“, dachte er und überhörte fast, wie Lissi etwas geheimnisvoller sagte: „Nochmals vielen Dank, Herr Dr. Schmaal. Sie haben es mir etwas einfacher gemacht. Ich brauchte nur auf Sie zu warten.“
Mit einer eindrucksvollen Selbstverständlichkeit nahm Lissi die Spieluhr an sich, drehte sich um und wünschte im Weggehen eine ‚Gute Nacht‘. Zurück ließ sie einen staunenden Dr. Schmaal, der ihr fasziniert nachblickte und murmelte: „Außergewöhnlich ... himmlisch außergewöhnlich!“

## Kapitel 14

## Gute Laune – schlechte Laune

Das Wetter meinte es gut, sogar sehr gut mit den Bewohnern der kleinen Stadt Burgstett. Blauer Himmel und angenehm warme Temperaturen lockten die Leute ins Freie. Der Marktplatz war bevölkert wie lange nicht mehr. Überall sah man nur lachende und freundliche Gesichter. Ein Musikclown gab vor dem Rathaus eine kostenlose Vorstellung und machte Werbung für einen kleinen Zirkus, der seit gestern in Burgstett gastierte. Zwei kleine Affen turnten auf seinen Schultern umher und begeisterten die vielen Kinder, die den frechen Aktionen fasziniert zusahen. Urplötzlich stibitzte ein Äffchen die Clownskappe seines Herrchens, sprang damit über den Marktplatz und hangelte sich am Geländer des Rathauses hoch. Der zweite Affe jagte ihm sofort nach, und es entwickelte sich ein lustiges Wettklettern. Geländer hoch, Geländer runter. Die Kinder tobten vor Begeisterung. Bald bildete sich eine große Menschentraube, die dem kuriosen Spiel zusah.
„Sind die nicht süß?“, rief Tina entzückt zu Felix und ergriff unbewusst seine Hand. Stumm genoss Felix die neue, für ihn unerwartete Berührung. Zärtlich sah er Tina von der Seite an und freute sich mit ihr.
Plötzlich sprangen die kleinen Affen auf die beiden zu, umkreisten Tina und hüpften zwischen ihren Beinen durch. Erschreckt ließ das Mädchen die Hand von Felix los und blickte den flinken Affen nach, die ständig nach ihrer Hose griffen, um noch schneller ihre Runden zu drehen.
Felix sah das verdatterte Gesicht von Tina und versuchte die Affen zu verjagen, doch ohne Erfolg. Die beiden störten sich nicht im Geringsten an seinen fuchtelnden Handbewegungen und trieben ihr Spielchen weiter. Lissi, die neben Tina stand,

kniete sich und hielt den Tieren ihre Hand hin. Wie auf ein Kommando beendeten die Affen ihre Verfolgungsjagd, setzten sich vor Lissi hin und äugten sie neugierig an. Der kleinere der beiden hüpfte auf Lissi zu, stieß freudige Laute aus und berührte ihre Hand. Plötzlich hielt Lissi die Clownskappe in den Händen und der größere Affe kletterte auf ihre Schulter. Tina und Felix starrten Lissi derart verblüfft an, als ob sie die Galanummer im Zirkus wäre.
„Mädchen, Mädchen, du musst eine besondere Fähigkeit haben!“, hörten sie den Musikclown zu Lissi sagen. „Bis heute hörten die Affen nur auf mich.“
Voller Hochachtung sah er Lissi an und nahm seine beiden Affen in Empfang, die weinerlich jammerten, als er sich mit ihnen entfernte.
„Wie hast du das gemacht, Lissi?“, brach es aus Tina heraus, während Felix Lissi wortlos anstaunte.
„Ich hatte immer viel mit Tieren zu tun“, wiegelte Lissi ab. „Tiere merken, ob man sie mag. Sie spüren, ob sie zutraulich sein können.“
„Ich mag doch auch Tiere“, meinte Tina, „aber solch ein Zutrauen einer fremden Person gegenüber habe ich noch nie gesehen.“
„Tiere spüren schon die geringsten Anzeichen von Unsicherheit oder Angst“, erklärte Lissi, „vielleicht ..., ja ..., vielleicht spüren sie es bei mir nicht.“
„Irgendwie hat Lissi recht“, dachte sich Tina und erinnerte sich, wie selbstsicher ihre Freundin überall auftrat. Langsam schlenderten sie über den Marktplatz.
„Kommt, lasst uns von etwas anderem reden!“, unterbrach Lissi Tinas Gedanken. „Hast du Felix schon von unserem morgendlichen Spektakel erzählt?“
„Welches Spektakel?“, fragte Felix neugierig, und Tina erzählte kichernd und glucksend von einem entsetzten Dr. Knot-

terig, der Fräulein Liebestreu schlafend im Foyer der Burg gefunden hatte. Von einem offensichtlichen Herrenbesuch, zwei fremden Männern, die niemand kannte und die ebenfalls schnarchend im Foyer lagen. Die der Hausmeister im Beisein zahlreicher Internatsschülerinnen eine halbe Stunde lang wachrüttelte, um sie anschließend, immer noch halb schlafend, vor das Burgtor zu setzen. Von Frau Zickenbusch, die sich furchtbar darüber aufregte, dass Dr. Knotterig Fräulein Liebestreu auf ihr Zimmer trug, und von Dr. Schmaal, der wie immer seinen allseits bekannten Kommentar abgab: „Außergewöhnlich ... hochgradig außergewöhnlich!"
Felix hielt sich den Bauch vor Lachen, und Lissi kullerten zum wiederholten Male Spaßtränen über die Wangen. Tina konnte aber auch dermaßen plastisch das Geschehen bis in alle Einzelheiten schildern, dass man einfach lachen musste.
Inzwischen standen sie vor dem Imbiss, und Lissi rief übermütig: „Currywurst mit Pommes ..., eisgekühlte Cola ...! Was ist es auf der Erde schön ...! Im Himmel gibt es keine Pommes!"
„Woher willst du das wissen, Lissi?", hielt Felix lachend dagegen und fuhr etwas ernster fort: „Wahrscheinlich gibt es gar keinen Himmel."
„Warum soll es keinen Himmel geben?", meldete sich Tina zu Wort. „Ich glaube daran!"
„Sicher", druckste Felix voller Unsicherheit, „irgendwie glauben wir alle an den Himmel oder an Schutzengel oder ich weiß nicht, an was. Aber gesehen, gesehen hab ich solche Dinge noch nicht."
„Muss man denn alles sehen", fragte Lissi, „genügt es nicht, wenn man es spürt? Hast du noch nie gefühlt, dass irgendetwas dir geholfen hat?"
„Ganz genau, Lissi!", unterstützte Tina Lissis Standpunkt. „Immer wenn ich die Melodie meiner Spieluhr höre, habe ich das Gefühl, dass jemand bei mir ist."

Tina tastete nach der Hand von Felix, drückte sie ganz fest und sagte: „In letzter Zeit wird dieses Gefühl immer stärker. Manchmal ist es so stark, als ob jemand direkt neben mir steht und ich nur die Hand auszustrecken brauche, um ihn zu fühlen."

*

Vergeblich hatte Pistolen-Paule den ganzen Vormittag auf Ratte und Ede gewartet. Eigentlich rauchte er seit drei Monaten nicht mehr, doch am heutigen Morgen musste er sich eine Packung kaufen, um sich zu beruhigen.
Mittlerweile war es schon 14.00 Uhr, die Rathausuhr schlug eben zur vollen Stunde. Pistolen-Paule trommelte mit seinen Fingern fahrig auf der Tischplatte und zog gierig den Zigarettenrauch in sich hinein. Das Café Mozart war nur spärlich gefüllt, und vor einer halben Stunde waren Ratte und Ede eingetroffen. Belämmert und mit gesenkten Köpfen hatten sie von ihrem Missgeschick berichtet. Pistolen-Paule konnte und wollte sich einfach nicht beruhigen.
„Ihr Deppen, ihr Hornochsen!", schimpfte er. „Wir könnten schon längst über alle Berge sein!"
„Aber Ede hatte doch Durst", versuchte sich Ratte ein erstes Mal seit ihrer Ankunft zu rechtfertigen.
Pistolen-Paule kochte vor Wut: „Ede ..., Ede ..., immer wieder Ede!"
Eduard Lahm zog geknickt den Kopf zwischen die Schultern und machte sich möglichst klein. Wie ein Häufchen Elend saß er auf seinem Stuhl und schaute unter den Augenbrauen hindurch auf Pistolen-Paule, der sich allmählich zu beruhigen schien.
„Chef ...", meldete sich Ede vorsichtig zu Wort.
„Was willst du denn schon wieder?", fuhr ihn Pistolen-Paule, der sofort auf 180 war, erbost an. „Du ..., du kriegst doch überhaupt nichts auf die Reihe!"

Ede sank erneut in sich zusammen und traute sich nicht, seinen Chef anzusehen.
„Warum hast du den Diamanten nicht in die Hosentasche gesteckt?“, hielt ihm Pistolen-Paule vor. „Auf die einfachste Idee kommst du nicht. Das wäre ja auch zu viel verlangt.“
„Aber du wolltest doch die Spieluhr, Chef!“, verteidigte sich Ratte.
„Genau, Chef!“, beeilte sich Ede, seinem Kumpel Ratte beizupflichten.
So viel Naivität und Einfältigkeit warfen Pistolen-Paule endgültig aus der Bahn.
„Spieluhr ..., Spieluhr ..., dämliche Spieluhr ..., nur der Diamant ist wichtig!“, geiferte er vor sich hin, zog wieder aufgeregt an seiner Zigarette, und mit zornrotem Gesicht herrschte er Ratte an: „Du bist genauso blöd wie Ede!“
„Genau, Chef!“, stimmte Ede zu und blickte siegessicher auf Ratte, als ob Pistolen-Paule ein Lob ausgesprochen hätte.
Mit offenem Mund starrte Pistolen-Paule seine beiden Helfershelfer an. So viel gepaarter Schwachsinn faszinierte und provozierte ihn gleichermaßen. Manchmal hatte er den Eindruck, dass sich ihr Zustand der Beschränktheit von Tag zu Tag verschlimmerte.
„Jetzt muss ich mir wieder etwas Neues ausdenken“, seufzte er vor sich hin, und Ratte und Ede hingen andächtig an seinen Lippen.
„Na gut!“, fuhr er energisch fort und griff nach seiner Pistole, die er ständig unter seinem Jackett trug. „Wenn alle Stricke reißen ...“, murmelte er, zu allem entschlossen, vor sich hin, schaute sich nach allen Seiten um und fühlte das kalte Metall der Waffe, das ihm ein Gefühl von Stärke verlieh.
Als sein Blick wieder Ratte und Ede streifte, saßen ihm seine beiden Helfershelfer mit erhobenen Armen gegenüber, und Ede jammerte angsterfüllt: „Nicht schießen, Chef!“

Ungläubig glotzte er die beiden an und stöhnte: „Womit hab ich euch beide nur verdient?“
Dann stand Pistolen-Paule auf und befahl: „Kommt mit! Ich muss mir die Beine vertreten und nachdenken.“
Langsam und schweigsam schlenderten die Männer in Richtung Marktplatz.
Nach kurzer Zeit meldete sich Ede zaghaft zu Wort: „Chef ...“
Pistolen-Paule hörte absichtlich nicht hin.
„Chef ...!“ Edes Stimme klang schon etwas lauter.
Pistolen-Paule hörte immer noch weg.
„Chef ...!“, rief Ede noch lauter. Einige Passanten drehten sich um und schauten in ihre Richtung.
Pistolen-Paule blieb abrupt stehen und fragte: „Was ist los, Ede?“
„Ich hab Hunger!“, beschrieb Ede sein momentanes Problem.
„Durst ..., Hunger!“, hielt ihm Pistolen-Paule vor. „Ist das alles, was dich beschäftigt?“ Genau in diesem Moment knurrte der Magen von Pistolen-Paule, und Ede hob zur Bestätigung seine Hand: „Hörst du, Chef?“

*

„Hast du schon die Zeitung gelesen, Frieda?“
Keine Antwort.
„Frieda“, rief Erna etwas lauter und schlug gemütlich die Beine übereinander, „hast du schon die Zeitung gelesen?“
Wieder keine Antwort.
Nur das Klappern von Besteck und Porzellan nahm deutlich an Lautstärke zu.
Erna nahm ihre Füße von dem Stuhl, der vor ihr stand, richtete sich halb auf und sah nach ihrer Schwester, die emsig in ihrem Rücken die Spülmaschine ausräumte.
„Frieda!“
„Ich hab nicht so viel Zeit wie du!“, erboste sich Frieda. „Einer muss ja schließlich die Arbeit machen!“

„Warum sagst du denn nichts?“, fragte Erna vorwurfsvoll und fügte wie selbstverständlich hinzu: „Du brauchst doch nur etwas zu sagen, ich helfe doch gerne.“
„Was soll diese Ausrede?“, schimpfte Frieda weiter. „Du willst einfach die Arbeit nicht sehen. Jeder normale Mensch sieht doch, ob etwas zu spülen oder abzuräumen ist.“
„Mein Gott, Frieda“, versuchte Erna ihre Schwester zu beruhigen und nahm sie in den Arm, „glaubst du wirklich, ich würde so etwas mit Absicht tun? Dafür mag ich dich doch viel zu sehr.“
Erna drückte ihre Schwester fest an sich und strich ihr liebevoll über den Rücken. Gemeinsam räumten sie die Spülmaschine aus, um sie anschließend mit benutztem Geschirr wieder zu füllen.
Mitten in der Arbeit fragte Erna erneut: „Hast du schon die Zeitung gelesen, Frieda?“
„Wir müssen noch die Theke säubern und die Pfannen spülen“, sagte Frieda, ohne auf Ernas Frage einzugehen.
„Aber hier steht etwas Interessantes drin!“
„Lenk nicht ab, Erna!“, entgegnete Frieda und putzte weiter.
„In München ist vor einer Woche ein millionenschwerer Diamant gestohlen worden“, plauderte Erna eifrig weiter und hielt mit der Arbeit inne. „Von dem Stein und dem Täter fehlt jede Spur.“
„Was geht uns das an?“, entgegnete Frieda mürrisch. „Mach lieber die Theke sauber, der nächste Ansturm kommt bestimmt!“
„250.000 DM Belohnung!“, überlegte Erna laut. „Stell dir mal vor ...!“
„Ja, ja, Erna“, unterbrach Frieda ihre Schwester sichtlich gereizt, „ und gerade hier, hier in unserer Kleinstadt Burgstett, an unserem Wurstimbiss essen die Gauner eine Currywurst mit Pommes! Dass ich nicht lache! Hilf mir lieber putzen!“

Frieda stürzte sich wieder auf ihre Arbeit, und Erna half, unzufrieden vor sich hin murmelnd, mit.
„Drei Currywürste!“, ertönte eine Stimme vor der Theke.
„Mit ...“, rief eine zweite Stimme.
Pause.
Und eine dritte Stimme ergänzte: „ Ist gut, Ede. Mit Pommes bitte!“

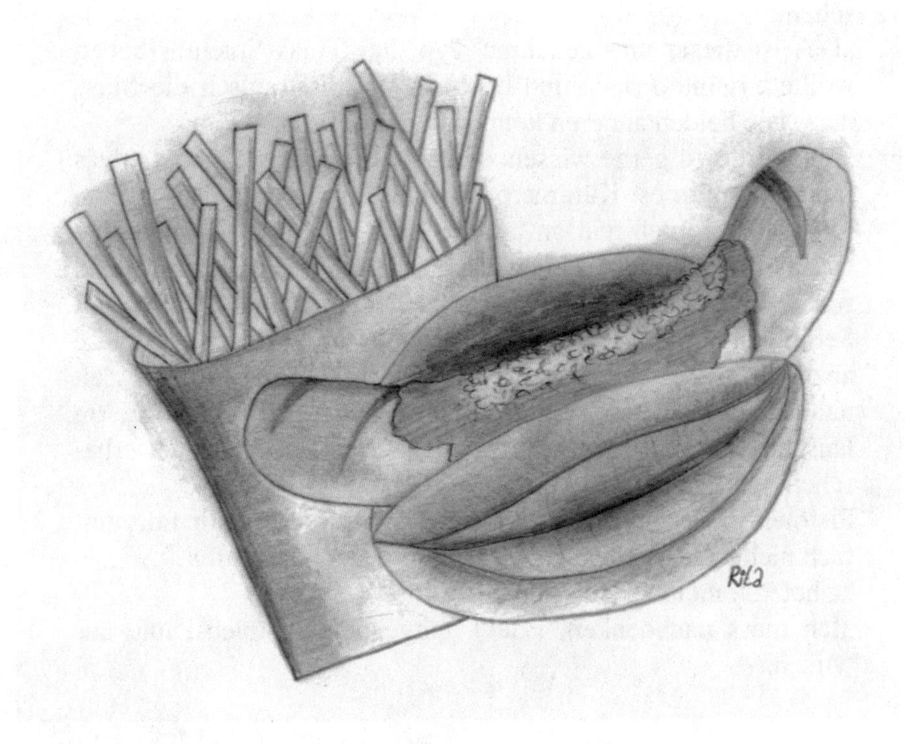

## Kapitel 15

## Heimlichkeiten

„Die Pommes sind gleich fertig, Frieda. Mach die Currywürste klar!“, rief Erna ihrer Schwester zu, um wesentlich leiser zu fragen: „Hast du ihn erkannt?“
„Natürlich hab ich ihn erkannt, Erna“, flüsterte Frieda zurück und warf einen kurzen Blick auf die drei Männer, die an einem der Stehtische standen, auf ihr Essen warteten und sich unterhielten.
„Meine Herren, möchten Sie auch etwas trinken?“, richtete sie sich laut an ihre drei Gäste. Die Männer unterbrachen kurz ihr Gespräch, bestellten drei Cola, um anschließend weiter zu tuscheln.
„Das ist dieser unangenehme Typ, der Tinas Spieluhr haben wollte“, raunte Frieda und beobachtete misstrauisch die Männer. „Die beiden anderen kenne ich nicht, Erna.“
„Ich würde zu gerne wissen, worüber die reden. Hier ist etwas faul. Ich spüre es. Kümmere du dich um die Pommes, Frieda. Ich schleich mich mal an“, sagte Erna leise und täuschte eine Geschäftigkeit und Arbeitswut vor, die schon fast beängstigend war. Mit einem Putzlappen bewaffnet und einem Eimer mit Seifenlauge in der Hand eilte sie von Tisch zu Tisch, um diese abzuwischen. Je näher sie den Männern kam, desto mehr Zeit nahm sie sich, um einen Tisch zu säubern. Gleichzeitig lauschte sie angestrengt, um einige Gesprächsfetzen zu erhaschen.
Pistolen-Paule murmelte ärgerlich: „So ein Mist! Mir fällt einfach nichts Gescheites ein. Es ist zum Haare ausraufen.“
„Chef ...“, meldete sich Ede zu Wort.
„Ich muss nachdenken, Ede!“, entgegnete Pistolen-Paule unwirsch.

„Chef ...“, ließ Ede nicht locker.
„Nerv nicht!“, murrte Pistolen-Paule und fingerte nervös an einer Zigarette.
„Chef ..., da ist ...“
„Was ist ...?“, fragte Pistolen-Paule unaufmerksam und zerknüllte fahrig die leere Zigarettenschachtel.
„Da ist Tina, Chef!“
„Tina?“, vergewisserte sich Pistolen-Paule und schaute sich suchend um.
„Genau, Chef, draußen vor dem Imbiss steht sie mit einem Mädchen und einem Jungen“, meldete sich Ratte zu Wort.
„Hat sie die Spieluhr dabei?“ Pistolen-Paule war schlagartig hellwach.
„Die hat sie doch immer dabei, Chef“, erklärte Ratte.
Erna hatte sich inzwischen bis zum Nebentisch vorgekämpft und bearbeitete ihn mit einem Eifer, als ob der Schmutz sich nicht lösen würde.
„Wie komme ich bloß an den Diamanten?“, murmelte Pistolen-Paule halblaut vor sich hin. Erna zuckte zusammen und wechselte sofort den Tisch.
„Nur nicht hinschauen“, dachte sie, „nur nicht auffallen!“
Kaum hatte das Wort Diamant seine Lippen verlassen, schoss es Pistolen-Paule durch den Kopf: „So ein Mist! Hoffentlich hat niemand zugehört!“
Er schaute sich argwöhnisch um und entdeckte Erna, die sich mit einem Putzeimer vom Nebentisch entfernte.
„Ihr Essen ist fertig!“, rief Frieda hinter der Theke, und Ede beeilte sich, das Tablett zu holen. Immer noch blickte Pistolen-Paule misstrauisch Erna nach, die geschäftig mit ihrem Putzlappen hantierte und leise ein Lied vor sich hinträllerte.
„Keine Gefahr“, signalisierte sein Gehirn und beschäftigte sich nur noch mit Hunger und Essen. Der Geruch von Currywurst mit Pommes stieg ihm in die Nase und lenkte ihn vollends ab.

Ratte und Ede kauten schon mit dicken Backen und schlangen voller Heißhunger ihr Essen hinunter. Erna eilte, ohne sich umzuschauen, hinter die Theke und flüsterte aufgeregt: „Ich hab es deutlich gehört!"
„Was hast du gehört, Erna?", erkundigte sich Frieda.
„Frieda", richtete sich Erna aufgewühlt an ihre Schwester, „die haben von einem Diamanten gesprochen!"
Frieda war für einen Moment fassungslos und schaute Erna entgeistert an. Dann schüttelte sie ungläubig den Kopf: „Du hast schon Halluzinationen, Erna!"
„Ich hab es deutlich gehört!", bekräftigte Erna ihre Aussage. „Die Kerle gefallen mir sowieso nicht. Irgendwie scheinen sie es auf Tina abgesehen zu haben."
Nachdenklich musterte Frieda die drei Männer und wandte sich Erna zu: „Da hast du allerdings recht. Merkwürdig ist das schon."
„Wir müssen noch mehr aufpassen!", sagte Erna entschlossen, und Frieda nickte zustimmend.
Ratte wischte sich mit einer Serviette den Mund ab und blickte zufällig zum Fenster hinaus. Draußen ging Bianca von Putlitz vorbei, schaute sich kurz um und ging weiter. Glühend heiß fielen Ratte ihre Worte wieder ein, die er in all der Aufregung einfach vergessen hatte: „15.00 Uhr am kleinen Teich."
Verlegen und unsicher drehte er sich zu Pistolen-Paule: „Chef, wir haben vergessen dir etwas zu sagen." Ein Stück Currywurst in den Mund schiebend, nickte Pistolen-Paule ihm aufmunternd zu.
„Bianca ist draußen vorbeigegangen, Chef", deutete Ratte zögerlich an und sah Hilfe suchend Ede an.
„Genau, Chef!", tönte Ede, und Ratte atmete tief durch, um allen Mut zusammenzunehmen.
Kauend blickte Pistolen-Paule die beiden abwechselnd an.

„Verabredung ...“, meldete sich Ede, dem ebenfalls das Versäumnis aufgefallen war, wieder arglos zu Wort. Pistolen-Paule verschluckte sich fast, und Ratte suchte vorsichtshalber Deckung hinter seinem Kumpel Ede.
Erstaunt drehte sich Ede zu Ratte um und fragte: „Was hast du ...?“
Mit schneidender Stimme fuhr ihm Pistolen-Paule in die Parade: „Sei still, Ede!“
Pistolen-Paule ging langsam um den Tisch herum und baute sich vor Ratte auf: „Erzähl schon!“
Mit zitternder Stimme berichtete Ratte von der Nachricht, die sie von Bianca überbringen sollten. Ohne etwas zu sagen verließ Pistolen-Paule den Imbiss. Zurück ließ er zwei verdatterte Gauner, die sich stumm ansahen.
Mit Argusaugen hatten Erna und Frieda den ganzen Vorgang beobachtet und einige Gesprächsfetzen mitbekommen. Sie blickten sich an, und jede wusste, was die andere dachte: „Bianca!“
Pistolen-Paule schaute sich um. Am anderen Ende des Marktplatzes entdeckte er Bianca, die in Richtung Internat unterwegs war. Schnell eilte er ihr nach. Unweit des Marktplatzes befand sich Pistolen-Paule dicht hinter ihr. Vorsichtshalber spähte er nach allen Richtungen, um sich zu vergewissern, dass ihm niemand folgte. Beruhigt, nicht beobachtet zu werden, hielt er Bianca am Arm fest. Erschrocken drehte sich Bianca um, erkannte ihn und feixte: „Hat ja toll geklappt mit Ihren Helfern!“
„Hör auf, ich kann das nicht mehr hören!“, entgegnete Pistolen-Paule mürrisch.
„Wir waren doch verabredet“, fragte Bianca, „ich hab auf Sie gewartet.“
„Ich hab es eben erst erfahren“, knurrte Pistolen-Paule und knirschte unwillig mit den Zähnen.

„So, so“, spöttelte Bianca, „Spezialisten für besondere Aufgaben die beiden!“
„Schluss mit dem Getue! Kommen wir zur Sache!“, forderte Pistolen-Paule.
„Nichts lieber als das“, trug ihm Bianca ohne Umschweife vor, „ich kann Ihnen die Spieluhr besorgen.“
Das hatte Pistolen-Paule nicht erwartet.
„Du?“, fragte er verblüfft.
Bianca ging nicht auf seine Frage ein und erklärte ungeniert: „Es wird nur etwas teurer!“
„Ausgekochtes Biest!“, murmelte Pistolen-Paule.
„2000 DM!“
„1500 DM!“
„Lassen Sie ihre zwei Blindgänger die Sache erledigen!“, lachte Bianca höhnisch auf und wandte sich siegesgewiss ab. „Viel Spaß bei der nächsten Pleite!“
„Na gut – 2000 DM!“
Bianca drehte sich langsam um und sagte: „Morgen Abend bekommen Sie Ihre Spieluhr. Wir treffen uns um 22.00 Uhr am kleinen Teich.“
Pistolen-Paule jubilierte innerlich. So einfach hatte er es sich nicht vorgestellt. Er hätte auch 10.000 DM akzeptiert.
„Dieses kleine Luder“, dachte er, „glaubt, sie wäre clever. Wenn die wüsste!“
Pistolen-Paule merkte, dass Bianca ihn gespannt musterte.
„Reiß dich zusammen“, fluchte er innerlich, „nicht dass sie auf den letzten Drücker noch misstrauisch wird!“
Mit einem zerknirschten Gesichtsausdruck fragte er heuchlerisch: „Ich kann mich auf dich verlassen? Die Sache klappt?“
Mit einer beispiellosen Arroganz prahlte Bianca: „Das ist lediglich eine Frage der Intelligenz!“
Selbstgefällig reckte sie ihr Kinn in die Höhe und stolzierte hochnäsig, ohne Pistolen-Paule noch eines einzigen Blickes zu

würdigen, in Richtung Internat davon. Ihre Gedanken kreisten nur noch um eine einzige Sache: „2000 DM – sollen die anderen ruhig ihre Spanische Nacht feiern!"
„Hallo, Bianca!", hörte sie plötzlich eine Stimme und schreckte aus ihren Gedanken auf. Frau Zickenbusch und Dr. Knotterig standen ihr gegenüber.
„Oh, guten Tag! Ich hab Sie nicht gesehen", entschuldigte sich Bianca und zeigte absichtlich ein verlegenes Gesicht.
„Möchtest du deine Freizeit nicht in der Stadt verbringen?", fragte Dr. Knotterig überrascht.
„Ich muss noch Bio und Mathe lernen", heuchelte Bianca mit bedauernswerter Miene und verabschiedete sich. „Bis heute Abend. Auf Wiedersehen!"
Dr. Knotterig blickte Bianca eine Zeit lang nach und bekannte: „Ich werde aus dem Mädchen einfach nicht schlau!"
„Dieter, es wäre vielleicht besser, wenn du über dich selber schlau wirst", hielt ihm Frau Zickenbusch vor.
„Wie meinst du das, Brigitte?", fragte Dr. Knotterig ahnungslos.
„Dieter", begann Frau Zickenbusch und fand die Gelegenheit günstig, endlich einen unliebsamen schwelenden Zustand anzusprechen, „wir kennen uns schon seit über 20 Jahren und sind immer noch ledig."
Dr. Knotterig schaute sie an und begann verlegen mit seiner Krawatte zu spielen. Wieder dieses Thema! Fieberhaft suchte er nach einem Ausweg.
„Dieter", säuselte Frau Zickenbusch liebevoll und hakte sich bei ihm ein, „wir verstehen uns doch gut."
„Sicher, Brigitte", bekannte er.
„Ich finde, wir sollten die Zeit, die noch vor uns liegt, gemeinsam verbringen", fand Frau Zickenbusch und lehnte sich an ihn.

Es war ihm keineswegs unangenehm, im Gegenteil. Wenn nur nicht immer diese Forderung dahinter stände! Musste er heute Farbe bekennen?
„Aber wir sind doch zusammen im Internat“, machte er zaghaft geltend und wollte noch hinzufügen: „ ... und sehen uns jeden Tag.“
Doch dazu kam Dr. Knotterig nicht mehr.
Entrüstet riss sich Frau Zickenbusch los: „Dieter! So kannst du mit mir nicht umgehen. Ich lasse mich nicht auf den Arm nehmen. Seit diese Liebestreu an unserer Schule ist, beachtest du mich immer weniger.“
Dr. Knotterig stand versteinert vor ihr und wusste im ersten Moment nicht, was er sagen sollte. Fräulein Liebestreu und Brigitte, Brigitte oder Fräulein Liebestreu. Er fühlte sich wie auf einer Achterbahn.
„Du täuschst dich, Brigitte“, versuchte er Frau Zickenbusch zu beruhigen.
„Meinst du, ich hätte keinen Augen im Kopf?“, hielt sie dagegen. „Die himmelt dich doch an und läuft dir nach wie ein Schoßhündchen. Und dir, ... dir ist das auch noch angenehm!“
Mit dieser Aussage hatte sie allerdings Recht, gestand sich Dr. Knotterig ein. Von zwei Frauen begehrt zu werden, hatte seine Vorzüge. Nur die Zänkereien, die sich in letzter Zeit häuften, und die mittlerweile doch übertriebene Fürsorglichkeit von Fräulein Liebestreu nervten ihn kolossal.
„Vielleicht hat Brigitte Recht“, überlegte er und beschäftigte sich zum ersten Mal in seinem Leben mit der Möglichkeit zu heiraten.
„Ich brauche noch etwas Zeit“, hörte er sich sagen und wunderte sich über sein Unterbewusstsein, das sich offensichtlich dagegen sträubte.
„Du hattest schon 20 Jahre Zeit, dich zu entscheiden. Was glaubst du denn, warum ich immer noch an dieser Schule bin?

Du kennst meine Gefühle für dich!“ Zum Schluss klang ihre Stimme nur noch zärtlich. Sie legte ihre Arme um seinen Hals und küsste ihn.
Dr. Knotterig fuhr wieder Achterbahn: „Brigitte *und* Fräulein Liebestreu? – Brigitte *oder* Fräulein Liebestreu? – Brigitte?“
Dann drückte er Frau Zickenbusch fest an sich.

## Kapitel 16

## Vorbereitungen

„Beeil dich, Ede! Wir müssen um 10.00 Uhr im Café Mozart sein“, rief Hugo Salzheim, genannt Ratte, seinem Kumpel Eduard Lahm zu.
„Ich kann nicht so schnell“, jammerte Ede. „Mach doch etwas langsamer!“
„Wenn wir zu spät kommen, gibt es wieder Ärger mit Pistolen-Paule. Du weißt doch, wie er ist“, beschwor Ratte seinen Freund.
„Ratte ...“, schnaufte Ede.
„Jammere nicht, Ede! Wer hat denn vergessen, den Wecker zu stellen? Du!“, rief Ratte und die ganze Hektik der letzten Viertelstunde kam ihm wieder in den Sinn. Verpennt! Nur weil Ede den Wecker ..., manchmal war Ede auch zu dämlich! Diese Hetze! Ratte schaute auf die Uhr und beruhigte sich ein wenig. Bis zum Café Mozart waren es nur noch wenige Meter.
Vor dem Café blieb Ratte stehen und wartete auf Ede, der nach Atem ringend angetrottet kam.
„Ratte ...“
„Ja, Ede.“
„Wo ...“
„Wo ...? Hier, Ede, hier ist das Café“, schmunzelte Ratte und deutete mit dem Daumen hinter sich.
„Blödmann“, konterte Ede und drehte sich beleidigt um.
„Mensch, Ede! Verstehst du keinen Spaß mehr? Komm, stell dich nicht so an!“, forderte Ratte Ede auf und klopfte ihm kameradschaftlich auf die Schulter. Ede drehte sich langsam wieder um und startete erneut seine Frage: „Wo ... wo ist eigentlich Pistolen-Paule? Seit gestern ...“

„Ich weiß es auch nicht, Ede", unterbrach ihn Ratte. „Seit er dieser Bianca nachgerannt ist, hab ich ihn nicht mehr gesehen." Nachdenklich starrte Ratte vor sich auf den Boden.
„Ich muss ihm etwas sagen, Ratte", redete Ede eindringlich auf seinen Kumpel ein. Doch Ratte hörte nicht zu und überlegte weiter: „Vielleicht hat er einen neuen Plan, um an den Dia ..."
„Da seid ihr ja!", tönte die Stimme von Pistolen-Paule dazwischen, der sich ihnen von hinten leise genähert hatte.
„Hallo, Chef", begrüßte ihn Ratte, „wir haben dich schon vermisst."
„Red keinen Blödsinn, Ratte!", fuhr ihm Pistolen-Paule in die Parade. „Ich musste nur die Dinge zurechtbiegen, die ihr verkorkst habt."
„Chef ...!", meldete sich Ede zu Wort
„Geht das schon wieder los?", knurrte Pistolen-Paule unwillig.
„Chef ...!"
„Du bist jetzt still!", herrschte Pistolen-Paule Ede an und befahl: „Ihr zwei fahrt noch heute zum Frankfurter Flughafen und besorgt drei Tickets nach Südamerika. Am besten Brasilien."
„Chef ...!", meldete sich Ede wieder zu Wort.
„Ich will nichts hören, Ede!", wimmelte Pistolen-Paule Ede ab und wandte sich Ratte zu: „Wir treffen uns morgen früh um 10.00 Uhr im Flughafenrestaurant. Ist das klar, Ratte?"
„Alles klar, Chef", beeilte sich Ratte zu sagen. „Komm, Ede!"
„Chef ...!", versuchte es Ede ein weiteres Mal.
„Ab mit euch!", kommandierte Pistolen-Paule und betrat das Café, ohne sich weiter um seine Helfershelfer zu kümmern.
Ratte fasste Ede am Arm und zog ihn mit sich fort. Ede latschte hinter ihm her und schüttelte verdrossen den Kopf. Nach einigen Schritten brach es aus ihm heraus: „Du, Ratte ..., ich hab ein komisches Gefühl."
„Du und deine Gefühle!", hielt ihm Ratte vor.

Doch Ede ließ sich nicht irritieren: „Hier ist etwas faul, Ratte, und ich darf nichts sagen. Pistolen-Paule ist sauer auf mich."
„Was soll hier faul sein? Pistolen-Paule macht immer alles richtig", erwiderte Ratte und ging weiter.
Ede ließ nicht locker: „Da ist etwas, Ratte. Ich spüre es! So viel Missgeschick auf einmal gibt es nicht."
„Gleich erzählst du noch, die Spieluhr sei verhext", lachte Ratte. „Mach dich nicht lächerlich, Ede!"
Ede hielt Ratte am Arm fest, schaute sich unsicher um und flüsterte Ratte ins Ohr: „Und wenn es so wäre?"
Ratte schaute Ede betroffen an, stieß ihn dann vor die Brust und sagte: „Komm zu dir, Ede! Wir sind nicht mehr im Kindergarten."
Pistolen-Paule schaute aus einem Fenster des Cafés den beiden hinterher und lachte voller Hohn in sich hinein: „Diese Nicten! Da schwirren sie ab. Die können lange auf mich warten. Diese Flaschen glauben doch wirklich, dass ich mit ihnen nach Südamerika fliege. Diese Einfaltspinsel werden mich nie wiedersehen."
Er zog ein Flugticket aus der Tasche, drückte einen flüchtigen Kuss darauf und murmelte: „Wenn ich heute Abend die Spieluhr habe, geht es ab nach Australien."

*

Bianca von Putlitz lag auf ihrem Bett und war bester Stimmung.
„2000 DM! Solche Gelegenheiten kommen nicht alle Tage", dachte sie und freute sich. „Was für ein Glück, dass diese zwei Deppen den Diebstahl vermasselt haben. Dabei war alles so genial vorbereitet. Und dann trinken diese Hornochsen den Orangensaft."
Bianca schüttelte sich vor Lachen, stand auf und ging zum Fenster. Sie schaute auf die leeren Betten von Anne und Vera.

„Was mag mit denen los sein?“, fragte sie sich. „Sonst laufen sie mir doch immer nach. Es sieht ja fast so aus, als wollten sie mir aus dem Weg gehen.“
Bianca blieb am Fenster stehen und schaute hinunter in den Burghof. Das Verhältnis zu Anne und Vera beschäftigte sie immer noch: „Die beiden muss ich mir mal vorknöpfen. Aber nicht jetzt. Im Moment kann ich sie nicht gebrauchen. Zuerst muss die Spieluhr her – 2000 DM!“
Über eines war sich Bianca vollkommen sicher: „Heute Abend – während der Spanischen Nacht – wird die Spieluhr ihren Besitzer wechseln.“
Zufrieden rieb sich Bianca die Hände und stellte sich vor, wie sie das Geld verprassen könnte. Ihre Gier nach Geld verstärkte sich immer mehr.
„Mmmmh!“, brummte sie nachdenklich vor sich hin, „vielleicht kann ich noch einen Tausender mehr herausschlagen.“
Biancas Entschluss stand fest. Für 2000 DM würde sie die Spieluhr nicht herausrücken.
In diesem Moment sah sie Lissi über den Burghof gehen, und sie spürte, wie sehr sie dieses Mädchen hasste. Lissi! Seit Lissi Schülerin im Internat war, blamierte sie selbst sich immer wieder und steckte eine Niederlage nach der anderen ein. Dieser Lissi war einfach nicht beizukommen. Und diese Freundschaft zu Tina. Ausgerechnet Tina! Dieses nichts sagende Subjekt, diese zweitklassige Kreatur! Plötzlich interessierte sich auch noch Felix für Tina. Ein Witz! Bianca schäumte vor Wut. Eine Tina zieht man keiner Bianca vor! Von Neid und Missgunst zerfressen ballte sie die Fäuste.
„Rache ist süß“, murmelte Bianca vor sich hin und dachte an den bevorstehenden Raub der Spieluhr. „Ihr habt mich noch nicht richtig kennen gelernt. Wer zuletzt lacht, lacht am besten!“

*

Nur wenige Meter entfernt, zwei Stockwerke tiefer, stand Fräulein Liebestreu in ihrem Zimmer vor dem Spiegel und betrachtete sich von allen Seiten. Der seitliche Schlitz an ihrem Flamencokleid bereitete ihr einiges Kopfzerbrechen, ob dieses Kleid nicht zu gewagt, nicht zu freizügig sei. Immer wieder stellte sie sich in Positur, um zu ergründen, ob der sichtbare Teil ihres seidenstrumpfumhüllten Oberschenkels einer Religionslehrerin noch geziemend sei.
„Du siehst gut aus! Dieter wird es gefallen“, meldeten sich ihre von Liebe entflammten Gedanken. „Isolde Liebestreu, denk an deine Vorbildwirkung!“, hielt ihre Sittsamkeit dagegen.
Noch vollkommen unschlüssig, schweiften ihre Gedanken zu Dr. Knotterig, zu dem Mann, den sie so sehr liebte.
„Oh Dieter!“, hauchte sie, atmete tief ein, und ein kleiner Seufzer entschlüpfte ihren Lippen. Der Name Dieter war noch nicht ganz verklungen, als ihr siedendheiß Brigitte Zickenbusch einfiel.
„Sie duzen sich! Sie ist hinter ihm her! Hinter meinem Dieter!“
Durch Fräulein Liebestreu ging ein Ruck. Sie warf alle ihre Bedenken über Bord und war wild entschlossen, wie eine Löwin um Dr. Knotterig zu kämpfen. Voller Tatendrang schwor sie sich: „Ich mache mich jetzt schick! Und heute Abend, während der Spanischen Nacht, dem großen Fest der Kleinstadt Burgstett, wird eine verführerisch attraktive Isolde Liebestreu ihre Offensive starten!“

*

Im ganzen Internat herrschte rege Betriebsamkeit. Die meisten Mädchen traten bei dem bevorstehenden Stadtfest in den unterschiedlichsten Rollen als Akteure auf. Modenschau, Spanische Instrumentalmusik, Spanische Küche, Stierkampfpantomimen und vor allem Tänze waren Programmpunkte, die das Internat zum Stadtfest beisteuerte.

Auch auf Zimmer 5 liefen die Vorbereitungen zur Spanischen Nacht auf Hochtouren. Die Mädchen standen kostümiert im Zimmer, begutachteten sich, tauschten ihre Kleider und beratschlagten lautstark, welches Kostüm das beste sei.
„Diese Bluse ist etwas zu groß für dich, Tina“, urteilte Isabelle mit Kennerblick und reichte ihr eine andere.
„Ich sehe aus wie ein Kanarienvogel“, kreischte Olga und alle lachten.
„Nicht doch, Olga! Dir fehlt nur der letzte Kick!“, rief Sabine und hängte ihr eine grellbunte Federboa um.
„Jetzt siehst du aus wie ein Papagei“, gluckste Tina und krümmte sich vor Lachen. Von der allgemeinen Heiterkeit beflügelt, zog sich Olga ein Paar hochhackige Schuhe an und stolzierte in ihrem aufgetakelten Outfit durch das Zimmer. Lässig ließ sie ihre Boa kreisen und blödelte aufgekratzt mit piepsiger Stimme: „Das wird meine Nacht! Ich werde mich vor Jungs nicht retten können!“
Genau in diesem Moment ging die Tür auf und Lissi stand Olga gegenüber. Ohne mit der Wimper zu zucken, schaute Lissi Olga an und sagte spontan und übermütig: „Oh, Entschuldigung, Fräulein Liebestreu, ich habe mich wohl im Zimmer geirrt!“
Olga war so verdattert, dass sie mit ihren Schuhen umknickte.
„Vorsicht, Fräulein Liebestreu!“, warnte Lissi und stützte Olga am Arm ab. „Wenn Sie schon stolpern, dann warten Sie lieber, bis Dieter ... eh ... Dr. Knotterig in Ihrer Nähe ist!“
Die Mädchen schüttelten sich vor Lachen, begrüßten Lissi überschwänglich und setzten ihre Kostümanprobe mit lauten Albernheiten fort. Allmählich beruhigten sich die Gemüter, und Tina blickte gedankenverloren zum Fenster hinaus. Lissi bemerkte die Veränderung mit Tina sofort und lächelte wissend in sich hinein. Ohne sich das Geringste anmerken zu lassen, plauderte sie mit Olga, Sabine und Isabelle um die Wette.

„Lissi“, meldete sich Tina zu Wort, und alle Mädchen drehten sich um, „eigentlich war das nicht nett von uns.“
Die Mädchen schauten Tina mit fragenden Blicken an, nur bei Lissi huschte ein leichtes Lächeln über das Gesicht.
„Fräulein Liebestreu ist doch so eine liebe Person und wir ..., wir machen uns lustig über sie und ihre Liebe zu Dr. Knotterig! Ich finde das nicht richtig!“
Die Mädchen blickten sich betroffen an.
„Du hast Recht, Tina“, sagte Lissi und schaute sie mit einem unergründlichen Gesichtsausdruck an, „es ist unfair, sich über jemanden lustig zu machen, der sich nicht wehren kann.“
„Ich lache gern über lustige Dinge“, ergänzte Tina, „aber eben haben wir uns über einen Menschen lustig gemacht. Das ist ein großer Unterschied.“
„Ein sehr großer Unterschied“, bestätigte Lissi. „Und manchmal ist es sehr schwer zu entscheiden, wo das eine aufhört und das andere anfängt, weil die lustigen Dinge oft von Menschen verursacht werden.“
Dann schaute Lissi Tina ganz liebevoll an und sagte: „Und deshalb ist es ganz besonders wichtig, dass es Menschen gibt, die den Mut haben, einen daran zu erinnern.“

## Kapitel 17

## Erkenntnisse zur rechten Zeit

„Hallo, Tina – hallo, Lissi!“
„Hallo!“, antwortete Tina maßlos überrascht. Anne und Vera, die besten Freundinnen von Bianca von Putlitz, grüßten freundlich. Tina stand im Burghof des Internats und verstand die Welt nicht mehr.
„Hi!“, rief Lissi den beiden gut gelaunt zu. „Bis nachher. Wir sehen uns auf dem Marktplatz.“
„Tolle Kostüme habt ihr an!“, sagte Anne voller Bewunderung, und Vera nickte bestätigend mit dem Kopf.
„Ihr seid aber schon sehr früh unterwegs“, stellte Vera fest, „wir müssen uns noch umziehen.“
„Keine Panik! Die meisten Mädchen sind noch nicht fertig“, beruhigte Lissi die beiden. „Wir haben uns nur mit Felix verabredet.“
Mit gespitzten Lippen stieß Anne einen Pfiff aus und lächelte anerkennend Tina zu. „Wir müssen uns beeilen“, drängte Vera und zog Anne mit sich fort, „bis später!“
„Bis später“, antwortete Tina und schaute den beiden fassungslos nach.
Ein fast schon unverschämtes Grinsen huschte über Lissis Gesicht. Doch als Tina sich zu ihr umdrehte, hatte sich Lissi wieder unter Kontrolle.
„Was war denn das?“, staunte Tina.
„Anne und Vera!“, spöttelte Lissi, um von sich abzulenken.
„Lass den Quatsch, Lissi!“, forderte Tina sie auf. „Wieso sind die beiden so freundlich?“
„Vielleicht verstehen sie allmählich, dass Bianca niemals ihre Freundin sein kann“, deutete Lissi an.
Tina blickte Lissi fragend an.

„Bianca ist egoistisch und denkt nur an sich“, erklärte Lissi. „Freundschaft bedeutet aber, auch für den anderen da zu sein.“
Tina antwortete nicht und versank in Gedanken.
„Komm, wir müssen uns beeilen“, weckte Lissi sie auf, „Felix wartet!“
Eilig verließen die beiden das Internat. Unterwegs plauderte Lissi über alles Mögliche. Tina hörte schweigend zu. Immer wieder blickte sie ihre Freundin bewundernd von der Seite an.
„Wie machst du das?“, fragte Tina plötzlich.
„Wie meinst du das?“, fragte Lissi zurück.
„Seit du da bist, verändert sich alles. Wie eben mit Anne und Vera. Du ...“
„Stop! Du verwechselst etwas!“, hielt Lissi dagegen. „Die beiden haben nicht mich, sondern dich zuerst gegrüßt!“
Entgeistert und ungläubig starrte Tina Lissi an.
„Lissi hat Recht“, dachte sie, „sie haben mich zuerst gegrüßt.“
Aufgeregt überlegte sie weiter: „Warum ausgerechnet mich? Wenn sie Lissi ..., das könnte man ja verstehen ..., aber mich?“
Verschwommen erinnerte sich Tina an ein Gespräch mit Lissi: „Was hat Lissi damals noch gesagt? Hat sie nicht von einer besonderen Fähigkeit gesprochen, die ich haben soll? Ich soll andere Menschen überzeugen und für mich gewinnen können!“
Tina schüttelte den Kopf und dachte: „Nein! Nein! Das ist es nicht!“
Laut fügte sie hinzu: „Ich verstehe das nicht, Lissi. Ich mache doch nichts Besonderes. Ich habe mit den beiden kaum gesprochen.“
Lissi lächelte und sagte: „Sagen wir es anders. Du merkst es nicht, dass du etwas tust. Du hast angefangen, wieder an dich zu glauben. Du brauchst nicht viel zu sprechen. Die anderen Mädchen spüren deine neue Ausstrahlung, deine Selbstsicherheit, diese Stärke in dir.“

„Nein, Lissi! Das stimmt nicht!“, wehrte Tina ab und forderte ihre Freundin auf: „Nenne mir nur ein Beispiel von dieser so genannten Ausstrahlung!“
Lissi nahm Tina in den Arm und sagte leise und eindringlich: „Wer hat denn vorhin für Fräulein Liebestreu Partei ergriffen und uns zu Recht getadelt?“
Mit offenen Mund staunte Tina Lissi an. Ihre Gedanken purzelten durcheinander. Was Lissi sagte, stimmte. Aber eigentlich hatte sie diesen Tadel doch gar nicht beabsichtigt, es nur als ungerecht empfunden, sich über andere lustig zu machen. Abermals erinnerte sich Tina an ein Gespräch mit Lissi: „Es ist wichtig, dass es Menschen gibt, die den Mut haben, an Rücksicht und Toleranz zu erinnern.“
Tina konnte ihre Gedanken nicht weiterspinnen, denn auf halbem Wege zum verabredeten Treffpunkt kam ihnen Felix entgegen. Verständlich, dass die Gedanken an Felix alles andere überdeckten.
„Wauuh“, rief er schon von weitem, „feurig, feurig!“
Geschmeichelt blieben die beiden Mädchen stehen und ließen sich ausgiebig von Felix bewundern.
„Als Torero wirkst du besonders gut, Felix“, schwärmte Tina.
„Trag nicht so dick auf!“, wehrte sich Felix.
„Ein schönes Paar, ihr zwei!“, stellte Lissi fest.
„Lissi ...!“, rief Tina vorwurfsvoll und war im nächsten Moment überglücklich, als Felix ihre Hand nahm und sie liebevoll drückte.
„Dann geh ich wohl besser!“, stellte sich Lissi eingeschnappt und drehte sich aus Spaß um.
„Lissi!“, riefen Tina und Felix gleichzeitig. Betroffen blickten sie auf Lissi, die sich im nächsten Augenblick lachend umdrehte. Erleichtert lachten die beiden mit.

„Ich hab schon gedacht, du ...“, begann Tina, aber Lissi unterbrach sie: „Hey, du bist meine Freundin. Ich freue mich für dich!“
„Tina“, meldete sich Felix zu Wort, „ich sehe, du hast deine Spieluhr dabei. Willst du sie nicht lieber im Internat lassen?“
„Ich hab sie doch immer bei mir“, erklärte Tina. „Seitdem ich meine alte Spieluhr wieder besitze, ist das Glück zu mir zurückgekehrt.“
„Sie ist auch etwas ganz Besonderes“, bestätigte Lissi, nahm die Spieluhr in die Hand und streichelte sie.
In Tina breitete sich eine Fülle von Gedanken aus, als sie sagte: „Das stimmt, Lissi! Die Spieluhr und du ..., ihr seid zur selben Zeit angekommen.“
„Du Närrin“, schimpfte sich Lissi in Gedanken selber aus, „sei nicht so leichtsinnig! Auch Menschen besitzen Phantasie!“
Um von sich abzulenken, wandte sie sich schnell an Felix und lachte: „Zufälle gibt's im Leben. Nicht wahr, Felix?“
Doch dieser beschäftigte sich mit anderen Gedanken. Nur halbherzig auf Lissi eingehend, antwortete er: „Sicher, Lissi ..., aber da ist noch etwas anderes. Warum wollte dieser unsympathische Kerl ausgerechnet Tinas Spieluhr? Ist sie wirklich so wertvoll?“
„Eigentlich ist sie nur für mich wertvoll“, überlegte Tina laut.
Auch Lissi fand den Übereifer und den Preis, mit dem der Fremde die Spieluhr kaufen wollte, äußerst merkwürdig und betrachtete sie von allen Seiten.
„Darf ich mal sehen, Lissi?“, bat Felix und untersuchte die Spieluhr.
An der unteren Seite der Spieluhr entdeckte er einen kleinen Verschluss. Tina hatte ihn noch nie beachtet. Felix blickte Tina fragend an, und Lissi schaute ihnen stumm zu. Als Tina zustimmend nickte, öffnete er den Verschluss, und ein großer Diamant fiel ihm entgegen.

„Ein Diamant!“, rief Lissi.
Tina zeigte sich gänzlich verblüfft: „Ein Diamant? In meiner Spieluhr?“
Neugierig übernahm sie von Felix den Diamanten, um ihn ausgiebig zu betrachten.
„Jetzt ist mir alles klar“, trumpfte Felix auf, „von wegen Spieluhr! Der Kerl will den Diamanten!“
„Wir müssen die Polizei verständigen!“, forderte Tina.
„Der wird nicht locker lassen!“, rechnete sich Felix aus und bedauerte, sein Handy vergessen zu haben. Schnell entschlossen sich die drei zu Erna und Frieda zu laufen, um von dort die Polizei zu benachrichtigen.

*

In der Zwischenzeit überschlugen sich im Internat die Ereignisse. Ganz überraschend und kurzfristig hatte Frau Zickenbusch die Mädchen zu einer Tanzprobe in die Aula bestellt. Das gesamte Lehrerkollegium übernahm die Zuschauerrolle. Unter den Augen ihrer Lehrerschaft strengten sich die Mädchen besonders an. Bereits während des Tanzes applaudierten die begeisterten Lehrpersonen, um am Ende mit Bravo-Rufen die Mädchen zu feiern.
Frau Zickenbusch lobte die Mädchen überschwänglich und schaute sich stolz um. Dr. Knotterig eilte auf sie zu und rief enthusiastisch: „Brigitte, ein toller Tanz!“. Auch Dr. Schmaal gesellte sich mit Fräulein Liebestreu dazu und kommentierte das Erlebnis auf seine Art: „Faszinierend ... fesselnd ... kokett ... knackig! Außergewöhnlich ... absolut außergewöhnlich!“
Bei dem Wort „knackig“ verlor Fräulein Liebestreu die Fassung.
„So kann sich ein Lehrer nicht gehen lassen. So etwas geziemt sich nicht.“, dachte sie empört und erhob vorwurfsvoll ihre Stimme: „Herr Dr. Schmaal, ich bin entsetzt!“

Dr. Schmaal wedelte fahrig mit seinen Armen und schaute sich betroffen um.
„Diese Frau ...“, murmelte Frau Zickenbusch leise zu Dr. Knotterig, „Mittelalter ..., tiefstes Mittelalter!“
„Was haben Sie gesagt?“, rief Fräulein Liebestreu mit bebender Stimme.
Dr. Knotterig atmete tief durch. Wieder eine dieser unerfreulichen Streitigkeiten. Er entschloss sich, mäßigend auf die beiden Frauen einzuwirken: „Meine Damen, bitte, wir haben heute Abend noch ein tolles Fest und wollen es gemeinsam in Harmonie und nicht in Zwietracht erleben.“
Dr. Knotterig meinte es gut, doch leider gaben ihm die beiden Streithühner keine Chance zur Versöhnung. Nur ihre Rivalin vor sich sehend, beschwerte sich Fräulein Liebestreu lautstark bei Dr. Knotterig: „Frau Zickenbusch fängt aber auch immer an!“
Dann wendete sie sich ihrer Konkurrentin zu und giftete: „Sie wollen sich doch nur den Herrn Direktor krallen!“
Frau Zickenbusch stemmte die Arme in die Seiten und polterte los: „Sie sind doch nur eifersüchtig!“
Dr. Knotterig schlug entgeistert die Hände vors Gesicht.
Fräulein Liebestreu wechselte die Farbe und rang um Fassung. Stockend entgegnete sie: „Und Sie ..., Sie wollen doch nur von sich ablenken!“
„Das habe ich überhaupt nicht nötig“, entgegnete Frau Zickenbusch und ließ in ihrem Übereifer jegliche Zurückhaltung fallen, „Dieter und ich feiern in zwei Wochen Verlobung!“
Wie eine Bombe schlug diese Nachricht ein!
„Brigitte“, wehrte sich Dr. Knotterig halbherzig, „wir wollten es doch noch ni ...“ Mitten im Wort wurde Dr. Knotterig unterbrochen. Fräulein Liebestreu griff sich an die Brust und stöhnte auf: „Mein Herz ...! Herr Dr. Schmaal ..., mein Herz!“

Besorgt eilte Dr. Knotterig zu ihr: „Fräulein Liebestreu ..., um Gottes Willen ...!“
Mit schmachtenden Blicken seufzte sie: „Herr Direktor ..., Dieter ...!“
Dann sank sie langsam in sich zusammen.
Mit unerbittlichem Ton meldete sich Frau Zickenbusch zu Wort: „Dieter! Würdest du dich bitte um mich kümmern!“
„Es ist doch ein Notfall, Brigitte“, entschuldigte sich Dr. Knotterig.
„Ein Notfall“, empörte sich Frau Zickenbusch, „dass ich nicht lache! Sie spielt doch nur die Ohnmächtige!“
„Hab doch Verständnis für diese ...!“
Frau Zickenbusch ließ Dr. Knotterig keine Chance, seinen Satz zu vollenden. Bevor das Wort „Notlage“ über seine Lippen kommen konnte, schrie sie wütend: „Na gut ..., wenn sie dir wichtiger ist!“
Sie warf den Kopf in den Nacken, machte auf dem Absatz kehrt und rauschte von dannen.
„Brigitte!“, rief Dr. Knotterig, vergewisserte sich, dass Fräulein Liebestreu wieder bei Bewusstsein war, bat Dr. Schmaal, sich um die Kollegin zu kümmern, und eilte Frau Zickenbusch nach.
Dr. Schmaal hatte die Ereignisse der letzen Minuten mit großem Erstaunen verfolgt, wippte leicht mit dem Kopf und kommentierte: „Aggressive Braut ... gebrochene Liebestreu ... dramatisch ... brisant ... explosiv ... besitzergreifende Eifersucht ... armer Direktor ...! Außergewöhnlich ... theatralisch außergewöhnlich!“
Er beugte sich zu Fräulein Liebestreu hinab, half ihr beim Aufstehen und führte sie auf ihr Zimmer.

*

Tina, Lissi und Felix steuerten den Imbiss an. Frieda räumte draußen die Stehtische ab. „Hallo, Frieda“, rief Lissi, „könntest

du bitte die Polizei anrufen!“ Überrascht blickte Frieda hoch und fragte: „Was ist los, Lissi?“
Bevor Lissi antworten konnte, mischte sich Tina ein: „Ein Diamant war in meiner Spieluhr!“
„Hab ich's doch gewusst!“, ertönte von hinten die Stimme von Erna, die neugierig den Kopf aus der Tür streckte.
„Lasst mich mal sehen!“ Mit diesen Worten eilte Erna herbei, um den Diamanten zu begutachten.
„Frieda“, sagte sie, „das ist der Diamant. Er war in der Zeitung abgebildet.“
Dann wandte sie sich Tina, Lissi und Felix zu: „Meinen Glückwunsch! 250.000 DM Belohnung. Ihr werdet reich.“
Tina konnte es nicht fassen. So viel Geld! Voller Übermut tanzte sie um alle herum.
„Die drei Gauner werden versuchen, an den Diamanten zu kommen“, warf Frieda ein und brachte alle auf den Boden der Tatsachen zurück.
„Oh ja“, überlegte Lissi, „und sie glauben, er befindet sich in der Spieluhr.“
„Wenn ich mir das so überlege“, murmelte Erna, „ein schöner Köder ...!“
Felix war von dieser Idee sofort begeistert: „Genau, Erna! Wir stellen die leere Spieluhr an eine Stelle, wo sie leicht gestohlen werden kann. Und dann ...“
„Meine schöne Spieluhr!“, rief Tina ängstlich.
Lissi nahm ihre Freundin in den Arm und flüsterte ihr zu: „Keine Angst, Tina. Sie wird dir nicht verloren gehen.“

## Kapitel 18

## Die Spanische Nacht

Unzählige Menschen bevölkerten den Marktplatz. Auf vielen Kleinbühnen lief ein abwechslungsreiches Programm ab. Die Bewohner von Burgstett verstanden zu feiern. Überall sah man begeisterte und frohe Gesichter.
Im Imbiss saßen Frieda und Erna mit zwei fremden Männern, und Frieda redete gestenreich auf sie ein: „Felix stellt die Spieluhr neben der Tanzbühne als Köder auf. Sie müssen hier nur warten, beobachten und zupacken, wenn die Gauner auftauchen."
Einer der beiden Männer nickte Frieda anerkennend zu: „Gute Vorarbeit, Frau Kleinschmidt!"
„Für unsere Polizei tut man doch alles", entgegnete Frieda lächelnd und wandte sich an Erna: „Du gehst jetzt zur Tanzbühne und signalisierst Felix, dass die Polizei da ist."
Die Tanzbühne, auf der die Internatsschülerinnen ihre Vorführungen abhielten, befand sich direkt neben dem Imbiss von Erna und Frieda.
Frau Zickenbusch war stinksauer. In 10 Minuten sollten die Mädchen tanzen und Bianca von Putlitz war immer noch nicht da! Frau Zickenbusch schimpfte wie ein Rohrspatz: „Der werde ich die Meinung geigen! Was bildet die sich ein? Steht in der ersten Reihe und lässt uns hier hängen!"
Anne und Vera, die zufällig der Schimpfkanonade zuhörten, versuchten sie zu beruhigen: „Regen Sie sich nicht auf, Frau Zickenbusch! Wenn Bianca nicht kommt, kann Lissi den Platz übernehmen. Sie ist zwar erst kurz bei uns, besitzt aber ein tolles Rhythmusgefühl."
„Die beiden haben Recht", überlegte Frau Zickenbusch. „Warum bin ich nicht selbst auf die Idee gekommen?"

„Du bist grundlos nervös, Brigitte! Die Mädchen tanzen perfekt!“, meldete sich ihr Unterbewusstsein und sie musste lächeln. Sie gab sich einen Ruck und kommandierte: „Unser Auftritt, Mädels! Lissi in die erste Reihe!“
Lissi schaute Frau Zickenbusch überrascht an, doch ihr Tonfall duldete keinen Widerspruch. Die Mädchen sprangen auf die Bühne und nahmen ihre Aufstellung ein. Vor der Bühne erschien Erna auf der Suche nach Felix und drückte ihnen noch schnell die Daumen. Nach einer kurzen Ankündigung über die Lautsprecheranlage setzte die Musik ein und der Tanz begann.
Die Leute tobten vor Begeisterung! Beifallumrauscht absolvierten die Mädchen eine Zugabe. Erna entdeckte Felix am Bühnenaufgang und zwängte sich durch die Leute. Felix hatte nur Blicke für Tina.
Erna klopfte Felix auf die Schulter und verkündete: „Es geht los!“
Felix konnte sich nach der Zugabe nur schwer losreißen, um den gemeinsamen Plan umzusetzen. Er stellte die Spieluhr neben der Tanzbühne auf eine Kiste. Inzwischen gaben die Mädchen eine weitere Zugabe. Felix war sich unschlüssig, ob er beobachtet wurde. Den ganzen Abend über hielt er schon Ausschau nach den drei Gaunern und hatte keinen gesehen.
„Die müssen ein Spitzenversteck haben“, dachte er und war sich absolut sicher, dass sie in der Nähe auf ihre Chance lauerten. Als die Mädchen erschöpft ihre letzte Zugabe beendeten, eilte er vor die Bühne, um Tina und den anderen Mädchen zu gratulieren. Blitzschnell bildete sich an der Bühnenfront eine begeisterte Menschentraube, und neben der Bühne stand die Spieluhr allein auf einer Kiste, als ob man sie vergessen hätte.

*

„Faszinierend ... eminent eindrucksvoll ...! Außergewöhnlich ... überwältigend außergewöhnlich ...! Ein phantastischer Tanz ... nicht wahr, Herr Bürgermeister?“

„Ich kann Ihnen nur zustimmen, Herr Dr. Schmaal“, erwiderte der Bürgermeister, und die zahlreichen Mitglieder des Stadtrates nickten zustimmend, wie es sich für einen Stadtrat gehört, wenn der Bürgermeister etwas Bedeutungsvolles sagt.
„Wir haben das Glück“, fuhr der Bürgermeister fort, „auch dank der Unterstützung des Internats, ein abwechslungsreiches Programm bieten zu können.“
Erneut und pflichtgemäß unterstützten die Mitglieder des Stadtrates die Worte des Bürgermeisters mit einem bedeutungsvollen Nicken.
Ohne zunächst auf die Nickparade zu achten, entgegnete Dr. Schmaal: „Geben uns alle Mühe ... beteiligen uns gerne ... genialer Event ... bin begeistert ...! Außergewöhnlich ... sensationell außergewöhnlich!“
„Ach, Herr Dr. Schmaal, ich muss mich unbedingt bei Ihrem Schulleiter bedanken“, sagte der Bürgermeister, und der gesamte Stadtrat nickte nachdrücklich. „Ich sehe, er steht dort drüben bei Frau Zickenbusch. Entschuldigen Sie mich bitte!“
Der Bürgermeister setzte sich in Bewegung, und die Mitglieder des Stadtrates folgten ihm, wie es sich eben für einen pflichtbewussten Stadtrat gehört.
Dr. Schmaal schaute dem Stadtoberhaupt und seiner Herde hinterher und konnte es sich nicht verkneifen, halblaut zu kommentieren: „Sehr selbstständiges Denken ... jeder sein eigener Herr ... eigenverantwortliches Handeln ...! Außergewöhnlich ... unbeschreiblich außergewöhnlich!“
„Wie wär's mit einer Currywurst, Herr Dr. Schmaal?“
Die laute Stimme ließ Dr. Schmaal kurz zusammenzucken. Dann drehte er sich kurz entschlossen um und verkündete: „Frau Erna ...! Eine geniale Idee ... eine Frau mit Herz!“
Vorsichtig um sich blickend, flüsterte er hinter vorgehaltener Hand: „Kein Körnerapostel da ... günstig ... sehr aussichtsreich! Frau Erna ... ich bete sie an ...!“

„Na, na, Herr Dr. Schmaal“, entgegnete Erna vergnügt und hob einen Zeigefinger, „soll das etwa ein Angebot sein?“
Dr. Schmaal stellte sich in Positur, strich sich das wenige Haar zurecht, das ihm noch geblieben war, schüttelte leicht verlegen den Kopf und erklärte: „Frau Erna ... habe ungenau formuliert ... nicht mein Herz ... mein Magen betet Sie an! Öh ... öh ... Pardon ... nicht Sie ... öh ... Ihre Currywürste ...! Geniale Currywürste ... überragende Currywürste ...! Außergewöhnlich ... unvergleichlich außergewöhnlich!“
Lachend packte Erna Dr. Schmaal unter den Arm und zog ihn zum Imbiss. Erna mochte Dr. Schmaal, seinen trockenen Humor, den Telegrammstil, und sie nutzte jede Gelegenheit, mit ihm zu plaudern.
„Heute haben Sie sich eine Gratiswurst verdient“, gab Erna bekannt.
Dr. Schmaal blieb abrupt stehen, breitete die Arme aus und rief: „Frau Erna ... ich bin ...!“
„Sprachlos!“, warf Erna grinsend dazwischen.
„Nein, Frau Erna ... ich bin ...!“
„Überwältigt?“
„Nein, Frau Erna ... ich bin ...!“
„Begeistert? Berauscht? Besessen?“
Stille!
Dr. Schmaal atmete nur tief ein.
„Beleidigt?“, fragte Erna ganz zaghaft und schaute ihn unschlüssig an.
„Ich bin ausgehungert, Frau Erna ... außergewöhnlich ausgehungert! Mein Magen ... seit Wochen eine Körnermühle ... und mein Darm ... ein Getreidesilo!“
Erna wieherte vor Lachen, und Dr. Schmaal lachte einfach mit.

*

Erschöpft und dennoch überglücklich standen die Mädchen zusammen und palaverten über die gelungene Tanzdarbietung.

Soviel Applaus hatten sie noch nie erhalten. Plötzlich stand Bianca hinter Tina.
„Tina Rothenfels als Spanierin! Schau – schau ...! Du hättest dich besser als katalanische Bäuerin verkleidet!“, stichelte Bianca gehässig und wandte sich, Beifall heischend, an ihre Freundinnen. „Nicht wahr, Vera?“
„Hör auf, Bianca!“
Verblüfft gaffte Bianca Vera an und fauchte: „Was haben wir denn jetzt? Vera Buckes wechselt auf die andere Seite?“
„Ich finde, du gehst entschieden zu weit“, hielt Vera dagegen. „Mal andere ärgern, das ist ja noch okay. Aber dieses ständige Kränken und Verletzen geht einfach zu weit.“
„Vera wird tugendhaft ...! Eine Moralistin ...! Fräulein Liebestreu hätte ihre Freude an dir!“, spottete Bianca und drehte ihrer einstigen Freundin verächtlich den Rücken zu.
„Ich finde, Vera hat Recht“, meldete sich Anne zu Wort, „du bist jetzt genug über andere hergefallen. Du hast doch nur noch Spaß, wenn du andere demütigen und schlecht machen kannst.“
Wie von einer Natter gebissen, fuhr Bianca herum und giftete los: „Du auch, Anne? Super! Anne Kluns und Vera Buckes! Meine besten Freundinnen fallen mir in den Rücken? Was seid ihr für niederträchtige Kreaturen!“
Entsetzt über das von Hass und Wut entstellte Gesicht, wandten sich Anne und Vera wortlos ab und ließen Bianca stehen.
Bianca ballte die Fäuste. In ihrem Innern tobte die Rachgier und trieb sie fast zur Raserei. Plötzlich stand Lissi neben ihr und sagte: „So ändern sich die Zeiten, Bianca. Irgendwann sieht jeder seine Fehler ein. Du musst es noch lernen.“
„Spiel hier nicht den Moralapostel! Du hast mir überhaupt keine Vorschriften zu machen!“, keifte Bianca zurück.
Felix, der seitlich hinter Bianca stand, schaltete sich ein und zog sie an der Schulter zu sich herum: „Bianca! Bianca! Warum bist du so streitsüchtig?“

In ihrer Wut machte Bianca auch Front gegen Felix und fuhr ihn an: „Hände weg!“
„Mein Gott, Bianca, kein Mensch tut dir etwas! Du könntest doch mit allen gut auskommen. Es ist so einfach, nett zu sein und miteinander Spaß zu haben! Warum musst du denn ständig Zwietracht säen?“, hielt ihr Felix vor.
„Wieso ich?“, zankte Bianca weiter. „Ihr bringt doch hinter meinem Rücken meine besten Freundinnen gegen mich auf!“
Felix staunte immer mehr. War Bianca nicht zu belehren?
„Kannst du nur noch andere als Schuldige ausmachen?“, warf Felix ihr vor und blieb erstaunlich ruhig. „Kann es nicht auch an dir liegen, dass deine besten Freundinnen nichts mehr von dir wissen wollen? Sei doch einfach nur freundlich zu deinen Mitmenschen und hör auf, über sie zu lästern!“
„Bewahre deine Weisheiten für andere auf, am besten für deine Tina!“, zischte Bianca hasserfüllt zurück.
„Du spuckst ja nur noch Gift und Galle“, entgegnete Felix, schüttelte den Kopf über ihre Uneinsichtigkeit und wandte sich ab.
„Felix hat Recht, Bianca“, unterstützte Lissi seine Worte, „Freundlichkeit schafft Sympathie! Gemeinheit erzeugt Ablehnung!“
„Lasst mich in Ruhe mit eurem Gesülze!“, schrie Bianca und versuchte Lissi wegzustoßen.
Nur für einen kurzen Augenblick hob Lissi die Augenlider an und Biancas Arme zuckten zurück.
„Wenn du so weitermachst, wirst du bald ganz allein sein!“
Mit diesen Worten drehte sich Lissi ab und ließ sie stehen. Fassungslos betrachtete Bianca ihre Arme, die eben ihren Dienst versagt hatten und blickte verblüfft hinter Lissi her.
„Wer ist diese Lissi?“

Dann wischte der Ärger über die erneute Niederlage diese Gedanken weg. Unbelehrbar murmelte sie: „Ihr werdet schon sehen, was ihr davon habt!“
Mit einigen schnellen Schritten stand sie neben der Spieluhr, vergewisserte sich, dass niemand sie beobachtete, und nahm sie triumphierend mit.

*

„Wo bleibt nur dieses kleine Luder?“
Immer wieder schaute Pistolen-Paule auf die Uhr und ging nervös hin und her. Hektisch öffnete er seine Zigarettenschachtel, um zu rauchen.
„Mist!“, fluchte er, zerknüllte die leere Schachtel und warf sie achtlos in den Wald.
„Eine Zigarette hätte mir gut getan!“
Verärgert schoss er einen Stein, der vor ihm lag, in den Teich.
„Guten Abend, der Herr!“
Pistolen-Paule zuckte zusammen, fuhr herum und griff blitzschnell nach seiner Waffe. Bianca stand vor ihm.
„Donnerwetter!“, platzte es aus ihm heraus. „Schleich dich nicht noch einmal hinter meinem Rücken an! Das könnte ins Auge gehen!“
Nachdem er sich mit einem kurzen Blick vergewissert hatte, dass sie allein waren, ließ er seine Pistole stecken. Bianca merkte nicht, dass Pistolen-Paule bewaffnet war und konterte: „Stellen Sie sich nicht so an!“
Triumphierend hielt sie ihm die Spieluhr hin.
„Gib her!“, rief Pistolen-Paule und streckte schon seine Hände aus.
„Erst das Geld!“, erwiderte Bianca kalt, zog die Spieluhr zurück und klemmte sie unter einen Arm.
„Na gut“, knurrte Pistolen-Paule und hielt ihr zwei Tausendmarkscheine hin.
Bianca schaute auf das Geld und schüttelte den Kopf.

„Es war nicht so einfach, an die Spieluhr zu kommen. Ich musste einiges riskieren. Mit ihren 2000 DM ist die Sache unterbezahlt."
Pistolen-Paule kniff seine Augen zu schmalen Schlitzen zusammen und schnauzte bösartig: „Mehr Geld willst du? Mach dich nicht lächerlich!"
Völlig unbeeindruckt hielt Bianca eine Hand hin und sagte: „Dreitausend Mark, sonst liegt die Uhr im Teich!"
Mit einem kurzen Blick vergewisserte sich Pistolen-Paule, dass Bianca zu weit weg stand, um ihr die Spieluhr zu entreißen. Nach kurzem Zögern willigte er ein. Bianca steckte lässig das Geld in die Tasche, gab ihm die Spieluhr und schlenderte in Richtung Internat davon.
Aufgeregt öffnete Pistolen-Paule die Spieluhr.
„Leer! L-e-e-e-e-r!", brüllte er durch den Wald, sprang mit Riesensätzen hinter Bianca her und packte sie bei den Haaren.
„Sie tun mir weh!", jammerte Bianca. „Lassen Sie mich los!"
„Du kleines Miststück!", schimpfte er. „Wo ist der Diamant?"
„Was für ein Diamant?", fragte Bianca überrascht und stöhnte vor Schmerzen, als Pistolen-Paule heftig an ihren Haaren zog.
„Tu nicht so!", herrschte er Bianca an. „Her mit dem Diamanten!"
„Lassen Sie mich los! Ich weiß nichts von einem Diamanten!", verteidigte sich das Mädchen. „Oder wäre ich sonst zu Ihnen gekommen?"
„Die Kleine hat Recht!", überlegte Pistolen-Paule. „Tina muss den Diamanten haben!"
Mit einer geschickten Handbewegung zog er ihr das Geld aus der Hosentasche und stieß sie von sich.
„Verschwinde!", rief er hinter Bianca her, die wie von Furien gehetzt den Waldweg zum Internat hochlief.
Pistolen-Paule überprüfte seine Waffe, klemmte sich die Spieluhr unter den Arm und raunte grimmig: „Schluss mit der sanf-

ten Pennälerinnentour! Jetzt werdet ihr Pistolen-Paule kennen lernen!"

*

„Meine Spieluhr ist verschwunden!"
Tina stand die Verzweiflung ins Gesicht geschrieben. Belämmert stand Felix neben ihr und schämte sich. Verständlicherweise hatte er nach dem Tanz seine ganze Aufmerksamkeit Tina geschenkt und die Spieluhr nicht mehr beachtet. Auch Erna war untröstlich. Ausgerechnet sie, die doch immer alles mitbekam, der nichts, aber auch gar nichts verborgen blieb, ausgerechnet sie hatte ebenfalls nichts bemerkt, obwohl die Tanzbühne direkt neben dem Imbiss stand. Das Gespräch mit Dr. Schmaal hatte sie zu sehr abgelenkt. Und die Herren von der Polizei saßen im Imbiss und aßen wahrscheinlich eine Currywurst. Spitze!
Lissi nahm Tina in den Arm und versuchte sie zu trösten: „Mach dir keine Gedanken, deine Spieluhr geht nicht verloren!"
Tina schaute Lissi dankbar an. Aus jedem Wort von Lissi sprach eine derartige Gewissheit und Unanfechtbarkeit, dass man ihr einfach glauben musste. Und schon purzelten Tina wieder die Gedanken durch den Kopf, mit denen sie sich seit längerer Zeit beschäftigte: „Diese Selbstsicherheit und diese Ausstrahlung soll ich auch besitzen? Unvorstellbar!"
Ihre Gedanken wurden jäh unterbrochen, als sich Anne und Vera zu ihnen gesellten und berichteten, dass Bianca die Spieluhr gestohlen habe.
„Wir haben sie beobachtet. Wir wussten, dass sie irgendetwas plant!", erklärten die beiden.
„Was will Bianca bloß mit deiner Spieluhr?", überlegte Felix. „Sie weiß doch gar nicht ..."
„Wahrscheinlich will sie mich nur ärgern", mutmaßte Tina.

„Bianca“, meldete sich Erna lautstark zu Wort, „immer wieder Bianca! Ich glaube, ich kenne des Rätsels Lösung!“
Alle blickten Erna fragend an, und sie fuhr fort: „Die Gauner haben sich gestern über Bianca unterhalten, und der Anführer ist Bianca nachgegangen. Sie scheinen sich verbündet zu haben.“
Tina konnte es nicht fassen! Solch eine Gemeinheit hätte sie Bianca nun doch nicht zugetraut.
„Bianca hat den Marktplatz in Richtung Internat verlassen“, fügte Anne hinzu.
Felix fackelte nicht lange und forderte alle auf, mit ihm die Diebin zu verfolgen. Schnell überquerten sie den Marktplatz und eilten durch die Straßen von Burgstett, dem Waldweg entgegen, der hoch zur Burg führte.
Dieser Teil der Stadt wirkte wie ausgestorben. Alle Bewohner von Burgstett schienen sich auf dem Marktplatz versammelt zu haben. Die kleine Gruppe bog um eine Ecke, und urplötzlich stand ihnen Pistolen-Paule gegenüber.
„Ahaaa!“, rief der Verbrecher, „hab ich euch ...!“
Obwohl Tina heftig zusammenschreckte, beruhigte sie sich, als sie ihre Spieluhr unter seinem Arm entdeckte.
„Geben Sie mir meine Spieluhr zurück!“, forderte sie mit fester Stimme.
Pistolen-Paule lachte nur auf, stellte die Spieluhr auf den Boden und verlangte unmissverständlich nach dem Diamanten.
„Jetzt lässt der Verbrecher seine Maske fallen!“, stellte Felix respektlos fest und baute sich vor Pistolen-Paule auf.
„Weg mit dir, du Wicht!“, schrie der Gauner wütend, zog seine Pistole, versetzte Felix einen Hieb und stieß ihn zu Boden.
„Felix!“, stöhnte Tina voller Sorge um ihren Freund auf und wollte zu ihm eilen. Pistolen-Paule richtete die Waffe auf Tina und schrie außer sich vor Zorn: „Her mit dem Stein!“

„Machen Sie sich nicht unglücklich!“, mischte sich Erna ein. „Die Polizei ist schon unterwegs.“
Mit einem Hohngelächter quittierte der Verbrecher Ernas Worte und näherte sich Tina mit vorgehaltener Waffe.
„Her mit dem Stein, du verfluchte Göre!“
Alle beobachteten wie gelähmt das Geschehen. Plötzlich stand Lissi vor Pistolen-Paule und schaute ihn wortlos an. Abrupt blieb dieser stehen und starrte zurück. Lissi ging, ohne auch nur ein Wort zu sagen, auf ihn zu.
„Weg mit dir!“, wollte Pistolen-Paule schreien, doch die Worte blieben ihm im Halse stecken.
Langsam ging Lissi weiter.
Der Dieb wich mehrere Schritte zurück und riss die Augen unnatürlich weit auf. Lissi kam ihm bedrohlich nahe.
Pistolen-Paule zitterte wie ein in die Enge getriebenes Tier. Leichenblass vor Angst richtete er seine Waffe auf Lissi und spannte den Abzugshahn. Lissi blickte ihn fest an und hob einen Arm.
Der Finger krümmte sich schon um den Abzug. Lissi konzentrierte sich und kniff ihre Augen zusammen. Urplötzlich ließ der Gauner seine Pistole fallen, als ob sie glühend wäre.
„Wer bist du ...?“, stammelte er entsetzt. „Was machst du mit mir ...? Geh weg!“
Pistolen-Paule bebte vor Furcht und torkelte rückwärts. Nach einigen Metern drehte er sich um und flüchtete.
Langsam hob Lissi die Spieluhr auf.
„Lissi!“
Tina staunte ihre Freundin mit aufgerissenen Augen an. Felix saß noch auf der Straße und murmelte halblaut: „So etwas hab ich noch nie gesehen!“
Fassungslos blickten sich Erna und die anderen Mädchen an.
„Lissi, wie hast du das gemacht?“, fragte Tina entgeistert.

Lissi ärgerte sich ein wenig darüber, dass sie ihre wahren Fähigkeiten so offen zeigen musste. Eine andere Möglichkeit war ihr in dieser Situation aber nicht geblieben. Womöglich hätte dieser irrsinnige Gauner noch geschossen. Etwas verlegen startete Lissi den Versuch, das Geschehen zu verharmlosen.
„Hypnose, Leute, nur Hypnose!", lachte sie die anderen an und drückte Tina die Spieluhr in die Hand. Tina umklammerte überglücklich ihre kostbare Spieluhr, blickte Lissi an und fragte ungläubig: „Hypnose?"
„Natürlich, Tina!", rief Lissi und stellte sich übermütig. „Das ist nichts Besonderes. Höchstens hier in Burgstett. Diese Begabung habe ich wohl geerbt. Mein Großvater hat sie bei mir gefördert. Er konnte sogar Tiere hypnotisieren."
Alle hörten Lissi zu, und sie sprach wiederum mit solch einer Überzeugungskraft, dass alle begannen, ihre Geschichte zu glauben.
„Wo sind die Gauner?"
Frieda und die beiden Polizisten standen plötzlich schwer atmend hinter ihnen.
„Es ist nur einer! Er hat höchstens zwei Minuten Vorsprung!", rief Felix geistesgegenwärtig und zeigte den Polizisten die Fluchtrichtung. Eilig nahmen die beiden die Verfolgung auf.
„Unsere Polizei! Wie immer zu spät!", seufzte Erna.
„Es war meine Schuld!", gestand Frieda ein. „Wir haben nur nach Männern Ausschau gehalten und nicht damit gerechnet, dass Bianca die Spieluhr klaut.
Erst nachdem sich die Menschentraube vor der Bühne etwas aufgelöst hatte, haben wir die leere Kiste entdeckt."
„Ich bin noch fix und fertig", lamentierte Erna, „wir hätten tot sein können!"
„Jetzt hast du wenigstens eine Spitzenausrede, um dich vor der Arbeit zu drücken!", entgegnete Frieda.

Erna überhörte den Kommentar ihrer Schwester und schwärmte von Lissis Fähigkeiten: „Du hast etwas verpasst, Frieda. Du hättest Lissi sehen müssen, wie sie mit dem Gauner umgesprungen ist. Ich hab noch nie jemanden gesehen, der so schnell hypnotisieren kann!"
„Lissi kann hypnotisieren?", fragte Frieda erstaunt und wandte sich an Lissi, um mit einem Lächeln im Gesicht fortzufahren: „Lissi ..., kannst du nicht mal Erna hypnotisieren, damit sie etwas mehr Spaß am Spülen und Reinemachen bekommt?"
„Du mit deinem Putzfimmel!", hielt Erna dagegen und stemmte erbost die Arme in die Hüften.
„Du Sofatante!", konterte Frieda.
„Du ..., du Spülmittelvergeuderin!", schimpfte Erna.
„Klappstuhldöserin!"
„Kehrmaschine!"
„Schlafhaube!"
„Putzeimer!"
„Zeitungsquälerin!"
Amüsiert hörten alle den beiden Schwestern zu, die sich eigentlich nie ernsthaft anpfiffen.
„Hört auf euch zu streiten", unterbrach Lissi die beiden und gab dem Gezänk eine lustige Wendung, „sonst verwandle ich euch in zwei knackige Bratwürste!"
Felix und die Mädchen stellten sich Erna und Frieda als Riesenbratwürste vor und schüttelten sich vor Lachen.
„Du bist einmalig, Lissi!", rief Frieda und lachte herzhaft mit.
Erna atmete tief durch, betrachtete Lissi besonders liebevoll und sagte im tiefsten Brustton der Überzeugung: „Mein Gott, Lissi! Wenn ich es nicht besser wüsste – man könnte glauben, du wärst ein Engel!"

## Kapitel 19

## Abschied

Dr. Knotterig rieb sich die Augen. Eigentlich wollte er sich am offenen Fenster nur den Schlaf aus den Gliedern recken. Ein zweiter Blick aus dem Fenster bestätigte seinen ersten Eindruck. Waldemar war verschwunden! Die Käfigtür stand offen!
„Auch das noch!“, dachte er und blickte auf seine Armbanduhr.
„9.15 Uhr!“
Gerade richtig, um zu duschen und rechtzeitig zum sonntäglichen Frühstück zu erscheinen, das am heutigen Morgen wegen der ‚Spanischen Nacht’ von 8.00 Uhr auf 10.00 Uhr verlegt worden war. Als ob es nicht genügend Probleme gäbe!
Bianca von Putlitz! Isolde Liebestreu! Und jetzt auch noch Waldemar!
Dr. Knotterig war der Verzweiflung nahe. Die Aufregungen der letzten Tage hatten ihm doch sehr zugesetzt. Hastig zog er sich einen Trainingsanzug an und eilte in den Burggarten, um Waldemar zu suchen. Einsam und verlassen lag der Burggarten vor ihm. Von Waldemar keine Spur. So sehr er sich auch bemühte, ein vermeintliches Versteck des Zwergkaninchens zu finden, alle Anstrengungen waren umsonst. Mutterseelenallein stand Dr. Knotterig im Burggarten und wusste keinen Rat mehr. Im Hauptgebäude regten sich allmählich die Lebensgeister. Fenster öffneten sich, und der Lärm von Mädchenstimmen beendete die Stille im Burggarten.
„Dieter, was machst du denn hier?“
Dr. Knotterig fuhr herum und sah eine schweißgebadete Brigitte Zickenbusch vor sich stehen.
„Ach, guten Morgen, Brigitte“, sagte er. „Du hast schon trainiert?“

Brigitte Zickenbusch wischte sich mit einem schmalen Zipfel ihres T-Shirts den Schweiß aus dem Gesicht und antwortete: „Lauftraining, Dieter! Feiern hin, feiern her! Ich muss meinen Trainingsplan einhalten, sonst kann ich die Meisterschaften vergessen. Du wirkst so angespannt. Was ist los?"
„Waldemar ist verschwunden! Ich kann ihn nirgends finden."
„Kein Wunder", entgegnete Frau Zickenbusch lapidar, „Fräulein Liebestreu hat Waldemar heute Morgen aus dem Käfig genommen."
Diese Entwicklung bereitete Dr. Knotterig doch einiges Kopfzerbrechen. Welche Gründe bewegten Fräulein Liebestreu zu solch einem Schritt? Nachdenklich meldete er sich zu Wort: „Wir müssen noch heute Morgen mit Fräulein Liebestreu sprechen und die Vorkommnisse von gestern aufarbeiten."
„Nicht mit mir, Dieter!"
„Brigitte, stell dich bitte nicht so an! Wir sind doch erwachsene Menschen!"
„Ich wüsste nicht, was ich mit Fräulein Liebestreu zu besprechen hätte!"
Dr. Knotterig war verzweifelt. Diese Frauen! Sicherlich trug er eine gehörige Portion Schuld an dem Streit. Er hatte nicht eindeutig Stellung bezogen und dadurch beiden Frauen Hoffnungen gemacht. Aber jetzt hatte er sich doch entschieden. Ein Gespräch konnte doch nun ...
„Guten Morgen, Herr Direktor!"
Dr. Knotterig zuckte zusammen, als er die Stimme von Fräulein Liebestreu hörte. Er drehte sich um und begrüßte seine Kollegin herzlich. Die beiden Frauen würdigten sich keines Blickes, und Dr. Knotterig fühlte sich keineswegs wohl in seiner Haut.
Fräulein Liebestreu überreichte Dr. Knotterig einen Brief und sagte: „Meine Kündigung, Herr Direktor! Ich werde heute noch diese Schule verlassen! Und Waldemar nehme ich auch mit!"

„Ein weiser Entschluss!“, murmelte Frau Zickenbusch halblaut vor sich hin.
Fräulein Liebestreu schenkte ihr keinerlei Beachtung, und Dr. Knotterig warf einen bösen Blick in ihre Richtung, bevor er antwortete: „Fräulein Liebestreu ... bitte! Überlegen Sie sich das noch einmal ...! Ihr Fortgehen wäre ein herber Verlust für unsere Schule! Ich kann Ihre Entscheidung nicht befürworten! Wir benötigen Sie hier dringend.“
„Jeder ist zu ersetzten!“, beeilte sich Frau Zickenbusch zu sagen.
Entrüstet wendete sich Dr. Knotterig ihr zu und schlug einen scharfen Ton an: „Ich finde das absolut unpassend, Brigitte! Halte dich bitte zurück!“
Fräulein Liebestreu ließ sich weder provozieren noch umstimmen und stellte eindeutig klar: „Herr Direktor, ich habe meinen Entschluss gefasst! Sie können mich nicht mehr umstimmen. Ich habe mich noch gestern telefonisch um eine neue Stelle bemüht und auch eine solche in Aussicht. Morgen werde ich mich dort vorstellen.“
Frau Zickenbusch konnte sich einfach nicht beherrschen und musste die Entscheidung kommentieren: „Ein weiser Entschluss, Fräulein Liebestreu! Veränderungen bedeuten Anregung und Erneuerung!“
„Gewiss Eigenschaften, die für Sie Fremdwörter sind!“, entgegnete Fräulein Liebestreu kühl und schritt erhobenen Hauptes davon. Zum ersten Mal in ihrem Leben blieb Frau Zickenbusch eine Antwort schuldig. Betroffen schaute sie hinter ihrer Rivalin her, die jetzt keine mehr war. Dr. Knotterig blickte seine zukünftige Verlobte an und sagte: „Das war nicht nötig, Brigitte!“

*

Bianca von Putlitz saß allein in ihrem Zimmer und überdachte die Geschehnisse des gestrigen Abends. Sie hatte sich schla-

fend gestellt, als Anne und Vera nachts ihr gemeinsames Zimmer betraten, und das Gespräch belauscht, das die beiden leise führten. Mit einem Schlag waren alle Ungereimtheiten über diese Gauner beseitigt.
„Unfassbar!", murmelte Bianca und schüttelte den Kopf. „Ein Diamant in Tinas Spieluhr! Das hätte ich wissen müssen! Aber wer kommt schon auf solch eine Idee?"
Gleichzeitig erinnerte sie sich an ihre Angst vor Pistolen-Paule, der sie rücksichtslos und brutal behandelt hatte.
„Glück gehabt!", sagte sie und schüttelte sich, als ihr bewusst wurde, dass Pistolen-Paule auch eine Waffe besaß.
„Er hätte schießen können, als ich ihn erpresste!"
Im nächsten Augenblick ärgerte sich Bianca maßlos, dass Tina jetzt den Diamanten besaß und damit Anspruch auf eine Belohnung hatte.
Dann schweiften ihre Gedanken zu Anne und Vera. Die beiden hatten heute Morgen schon früh das gemeinsame Zimmer verlassen und waren nicht zurückgekehrt.
„Die sollen mich kennen lernen! Rache ist ..."
„Bianca von Putlitz zum Sekretariat!", ertönte die Stimme von Dr. Knotterig über die Sprechanlage durch die ganze Burg. Schlagartig verstummten alle Gespräche im Internat, um kurz darauf noch lauter wieder einzusetzen. Diesmal gab es bei allen nur noch ein Gesprächsthema!
Bianca machte sich auf den Weg ins Sekretariat und übersah hochnäsig die neugierigen Blicke der Mitschülerinnen, die sich an ihren Zimmertüren drängten. Kein Ton der Aufmunterung, kein unterstützendes Schulterklopfen, nur kühle Zurückhaltung schlug ihr entgegen.
„Auch gut!", dachte sie zornig, und ihr herrischer, arroganter Gesichtsausdruck verstärkte sich.
Dr. Knotterig und Dr. Schmaal erwarteten Bianca im Sekretariat. Nach einer kurzen Begrüßung forderte Dr. Knotterig Bianca

auf: „Fräulein von Putlitz, nehmen Sie doch bitte Stellung zu den Vorkommnissen des gestrigen Tages!“
„Welche Vorkommnisse?“, antwortete Bianca rotzfrech und ärgerte sich, dass Dr. Knotterig sie nicht mit einem vertrauten ‚Du’ ansprach.
„Will sich nicht erinnern ... stellt sich dumm ... ist doch intelligent ... außergewöhnlich ... unbegreiflich außergewöhnlich!“, meldete sich Dr. Schmaal zu Wort.
„Ich habe mir nichts zu schulden kommen lassen!“, konterte Bianca störrisch.
„Bianca“, unternahm Dr. Knotterig einen letzten Versuch auf sie einzuwirken, indem er sie mit dem Vornamen ansprach, „wenn du leugnest, wird alles nur noch schlimmer. Du ...“
„Ich habe nichts getan!“, unterbrach ihn Bianca in barschem Ton.
„Donnerwetter ...! Sehr dickköpfig ... eigensinnig ... unbelehrbar ... uneinsichtig ...! Außergewöhnlich ... extrem außergewöhnlich!“, kommentierte Dr. Schmaal das Verhalten der Schülerin.
Ernüchtert unternahm Dr. Knotterig keinen weiteren Versuch, auf Bianca einzuwirken, und ging wieder auf Distanz: „Fräulein von Putlitz, Sie haben gestern Abend die Spieluhr von Tina Rothenfels entwendet ...“
„Entwendet – wie sich das anhört! Machen Sie doch keinen solchen Aufstand wegen dieser lächerlichen Spieluhr. Es war doch nur ein Scherz“, unterbrach ihn Bianca zum zweiten Mal.
Diesmal verschärfte sich der Ton bei Dr. Knotterig in erheblichem Maße: „Fräulein von Putlitz, halten Sie sich bitte an die einfachsten Gesprächsregeln und unterbrechen Sie mich nicht, wenn ...“
„Ich habe gedacht, Sie hätten Ihren Satz beendet“, fuhr Bianca wieder dazwischen.

Dr. Knotterig schaute seinen Kollegen an, der nur noch den Kopf schüttelte und sagte: „Fräulein von Putlitz, Sie sind offenbar nicht zu belehren!"
Als Bianca schon wieder den Mund öffnete, um etwas zu sagen, hob Dr. Knotterig seine Stimme an und verkündete: „Ich habe mit Ihren Eltern Rücksprache gehalten. Sie müssen noch heute das Internat verlassen. Ihre Eltern werden Sie heute Nachmittag abholen. Packen Sie bitte Ihre Sachen und räumen Sie bis 14.00 Uhr Ihr Zimmer. Über Ihre Beteiligung bei dem Diamantendiebstahl wird sich die Polizei Gedanken machen!"
„Damit habe ich nichts zu tun!", rief Bianca aufgebracht. „Und außerdem verlasse ich freiwillig Ihr verstaubtes Internat!"
Mit diesen Worten eilte Bianca erbost aus dem Sekretariat, knallte die Tür zu und ließ zwei sichtlich betroffene Lehrpersonen zurück.

*

Unweit vom Internat Burg Hohenstein, mitten im Wald, saß einsam und allein ein Mädchen auf einer Bank. Die Hände hielt es übereinander geschlagen im Schoß. Mit geschlossenen Augen und vollkommen regungslos schien es zu träumen. Plötzlich veränderte sich sein Gesichtsausdruck. Das leichte Lächeln von eben wich einer gespannten Aufmerksamkeit.
„Elisabeth!"
Das Mädchen zuckte zusammen! Wie ein vielfaches Echo hallte der Name durch ihren Geist und ihr Gehirn. Niemand außer dem Mädchen konnte diesen lautlosen Ruf hören.
„Elisabeth!"
Das Mädchen versuchte sich zu sammeln. Doch die Erinnerungen an die vergangenen Tage und die unauslöschlichen, überwältigenden Gefühle verwirrten es so sehr, dass seine Aufmerksamkeit empfindlich gestört wurde.
„Elisabeth!"

Beim dritten Ruf besann sie sich auf ihre Pflicht und drängte die störende Wirklichkeit des Erdenlebens zur Seite. Ohne dass ein Laut über ihre Lippen kam, konzentrierte sie ihre Gedanken: „Muss ich jetzt wirklich zurück?“
„Dein Auftrag ist erfüllt, Elisabeth!“
„Ja, aber ... “
„Kein Aber, Elisabeth!“
„Trotzdem ... “
„Du hast es von Anfang an gewusst!“
„Ich habe mich noch nicht von Tina verabschiedet!“
„Wir haben schon alles in die Wege geleitet!“
Das Mädchen sackte in sich zusammen. Das Kinn senkte sich auf die Brust, und aus den feuchten Augen rollten kleine Tränen über die Wangen.
„Lass dich nicht hängen, Lissi!“, meldete sich das menschliche Unterbewusstsein. „Lass es dir erklären!“
Lissi nahm ihren gesamten Mut zusammen und fragte: „Was habt ihr unternommen?“
„Du hast kein Recht, danach zu fragen!“, antwortete die lautlose Stimme.
„Bitte!“, bettelte Lissi. „Ich bin doch auch nur ein Mensch!“
„Nein, Elisabeth, du bist ein Schutzengel! Du bist das, was die Menschen Schicksal, Fügung, Vorsehung oder auch Bestimmung nennen. Für einen Schutzengel gibt es kein dauerhaftes Bleiben!“
Verzweifelt suchte Lissi nach einer Begründung für eine Verlängerung ihres Aufenthaltes.
„Ich muss Tina doch noch beistehen!“, sagte sie.
„Das ist nicht mehr nötig, Elisabeth! Du hast in Tina wieder den Glauben und die Zuversicht geweckt, die schon verloren schienen. Durch ihren Glauben wird Tina so stark, dass sie alle Probleme allein bewältigen kann. Du brauchst ihr nicht mehr zu helfen. Sie wird ihr Leben jetzt selbst bestimmen!“

Für einen Augenblick hatte Lissi das Gefühl, allein zu sein.
Sie öffnete die Augen und horchte auf das leise Rauschen der Blätter. Vor ihr hüpfte ein Eichhörnchen über den Waldweg und sprang einen Fichtenstamm hoch.
„Du hast keine Probleme“, flüsterte sie leise, trocknete ihre Tränen ab und dachte an ihr Menschsein, das sie so sehr schätzen gelernt hatte.
Die Zwiespältigkeit des Erdenlebens, dieses Ringen um die Erkenntnis, was richtig und was falsch, was gut und was böse, was wichtig und was unwichtig ist, machte den Reiz des Lebens aus. Und diese verschiedenartigen gegensätzlichen Gefühle!
Lissi brachte ihre Gedanken auf eine einfache Formel: „Nur wer einmal tieftraurig war, kann ermessen, was es bedeutet, glücklich zu sein.“
Der Drang, auf der Erde zu bleiben, wurde immer stärker in Lissi. Voller Verzweiflung unternahm sie einen letzten Versuch: „In Burgstett werden sich alle an mich und meine Fähigkeiten erinnern und nach mir fragen!“
Ein leises Lachen durchflutete ihren Körper und die lautlose Stimme meldete sich: „Niemand wird sich an deine Fähigkeiten erinnern, Elisabeth! Du wirst in der Erinnerung der Menschen als eine normale, nette und sympathische Schülerin weiterleben. Kein Mensch wird in dir einen Schutzengel vermuten! Alle Ereignisse der letzten Tage werden von den Menschen als Zufall oder Vorsehung gewertet werden.“
„Und die Spieluhr“, fragte Lissi, „ihre Melodie, die euch veranlasste, mich zu schicken?“
Wieder breitete sich dieses Lachen in ihrem Körper aus.
„Weißt du, Elisabeth, Menschen sind nicht immer stark. Sie brauchen Trost, Unterstützung, Hoffnung, Hilfe. Menschen sind aber auch sehr verschieden. Die Menschen suchen diese Hilfe in den unterschiedlichsten Bereichen und an den ver-

schiedensten Orten, in der Einsamkeit, in einer Gemeinschaft, in der Religion, bei einem Freund, in einem Buch, bei Musik ... Bei Tina spendete die Melodie der Spieluhr Trost und Hoffnung. Nur der Glaube hat ihr gefehlt! Und den hast du geweckt! So ist es, Elisabeth, und wir sorgen jetzt dafür, dass Tina dies alles nicht mit dir in Verbindung bringt."

## Kapitel 20

## Eine Currywurst zu viel

„Du, Ratte!“
„Was willst du, Ede?“
„Wo ...“
Ausgesprochen mürrisch blickte Ratte seinen Kumpel an und gab keinen Ton von sich.
„Jetzt stehen wir hier vor dem Café Mozart und wissen uns keinen Rat mehr!“, stellte er in Gedanken fest. Weder hier noch im Gasthof hatten sie Pistolen-Paule gefunden.
„Wo mag Pistolen-Paule nur sein?“, fragte Ede und kratzte sich mit einer Hand am Hinterkopf.
„Woher soll ich das wissen?“, fuhr Ratte ihn an und grübelte über die Vorkommnisse der letzten beiden Tage nach. Eigentlich war alles wie geschmiert gelaufen. Problemlose Ankunft auf dem Frankfurter Flughafen, Lösen von drei Flugtickets nach Brasilien, hervorragendes Abendessen im Hotel, gut geschlafen und ein reichliches Frühstück mit allem, was das Herz begehrt. Sogar Ede war ihm nicht auf den Wecker gegangen mit seinen Mutmaßungen über die Spieluhr.
Aber dann ...! Dieses ewige Warten auf Pistolen-Paule. Die erste Stunde war ja noch erträglich, aber danach hatte Ede nicht mehr aufgehört zu reden und die aberwitzigsten Ideen entwikkelt: Der Chef hat verschlafen – Bianca hat von dem Diamanten erfahren, die Spieluhr entwendet und ist mit ihr geflohen – die Spieluhr ist bei dem Stadtfest von anderen gestohlen worden – Pistolen-Paule hat sich ein Bein gebrochen und liegt im Krankenhaus ...! So war das ständig weitergegangen.
Als Ede schließlich wieder seine Theorie auftischte, die Spieluhr könnte jetzt sogar Pistolen-Paule verhext haben, war das Maß endgültig voll. Er hatte Ede die Anweisung gegeben, im

Flughafenrestaurant auf ihn zu warten, und war durch die Halle geschlendert, um ungestört überlegen zu können. Dass hier etwas nicht stimmte, war ihm vollkommen klar. Pistolen-Paule überließ nie etwas dem Zufall, er verspätete sich nie. Sie mussten einfach zurück nach Burgstett, um der Sache auf den Grund zu gehen.
„Jetzt ...“, unterbrach Ede seine Gedankengänge und stupste ihn in die Seite.
„Mensch, Ede!“, rief Ratte und stöhnte leicht. „Muss das sein?“
„Du hörst ja nicht! Ich habe ...“, erklärte sein Kumpan und schaute ausgesprochen belämmert aus der Wäsche, als ihm nicht mehr einfiel, was er sagen wollte.
„Es ist weg!“, bestaunte er seine eigene Vergesslichkeit.
„Du hast ‚jetzt‘ gesagt, Ede“, gab ihm Ratte einen Tipp.
„Jetzt ...?“
„Ja, jetzt!“
„Jetzt versteh ich gar nichts mehr!“, murmelte Ede verwirrt vor sich hin.
„Genau, Ede! Jetzt sind wir genauso schlau wie vorher!“, bestätigte Ratte mit einem ironischen Ton.
„Nein, Ratte! Jetzt ...!“
„Na, sag’s schon, Ede!“
„Jetzt fällt es mir wieder ein! Jetzt ...!“, rief Ede begeistert und Ratte stützte genervt den Kopf mit einer Hand ab.
„Jetzt kann er eigentlich nur noch auf dem Marktplatz oder im Imbiss sein“, stellte Ede mit vor Stolz geschwellter Brust fest.
„Die letzte Möglichkeit!“, überlegte auch Ratte. „Das Internat scheidet aus, und im Gasthaus ist er ebenso wenig aufgetaucht wie im Café Mozart.“
„Du hast Recht, Ede“, sagte Ratte, und sein Kumpel strahlte über beide Backen, „vielleicht erfahren wir auf dem Marktplatz oder im Imbiss mehr über sein Verbleiben.“

*

„Schmeckt es, meine Herren?“
„Danke, Frau Kleinschmidt“, antwortete einer der beiden Männer, die am Tisch saßen, während der andere mit dicken Backen brabbelte: „Vorzüglich, Frau ...!“
„Die Polizei darf mich getrost Erna nennen!“, verkündete sie gut gelaunt. „Hier nennen mich alle beim Vornamen!“
„Das finden wir aber sehr nett, Frau Klein ... eh Erna“, erwiderte der erste Polizist. „Ich heiße übrigens Martin, und mein Kollege heißt Hans.“
Erna saß der Schalk im Nacken, als sie den beiden ihre bestellten Getränke auf den Tisch stellte. Mit einem Grinsen im Gesicht frotzelte sie: „Bei Erna und Frieda wird prompte Bedienung zusammen und groß geschrieben! Eben bestellt und schon da! Bis ihr eure Arbeit aufgenommen habt, kann man schon tot sein!“
Hans verschluckte sich fast an einem Currywurststückchen und musste sich einem Hustenanfall hingeben. Martin klopfte seinem Kollegen auf den Rücken und wandte sich lachend an Erna: „Da siehst du, was du angerichtet hast! Das nenne ich bewusste Körperverletzung bei einem Beamten! Ein solcher Vorfall wird normalerweise mit einem Bußgeld von 50 DM geahndet, bei Geringfügigkeit allerdings mit zwei Cola. Da es sich um Hans handelt: zwei Cola bitte!“
Solche Scherzgespräche mit kleinen Neckereien liebte Erna, da war sie in ihrem Element, und dieser Martin war keineswegs auf den Mund gefallen. Es entwickelte sich ein munteres Wortspiel, bei dem sich die meisten Gäste am Redeschwall von Erna ergötzten.
„Ihr könnt doch von Glück reden“, stichelte Erna, „dass dieser Gauner – wie heißt er noch?“
„Paul Popowitz, genannt Pistolen-Paule“, antwortete Hans höflich.

„Genau“, spöttelte Erna und nahm den Faden wieder auf. „Dass also dieser Paule kein Kleingeld dabei hatte, als er sich Zigaretten ziehen wollte und wie ein Irrer gegen den Automaten schlug ...“
„Genau!“, äffte Martin Erna nach. „Sonst wären wir an der Straße vorbeigelaufen.“
„Und hättet an der nächsten Ecke wegen Konditionsmängeln die Verfolgung einstellen müssen!“, foppte Erna weiter und fragte katzenfreundlich: „Sind alle Polizisten in solch einem schlechten körperlichen Zustand?“
Gemütlich und gelassen lehnte sich Martin auf seinem Stuhl zurück, nahm einen Schluck Cola und erklärte: „Schau mal, Erna, warum sollen wir trainieren? Die Verbrecher warten doch auf uns. Wir konnten uns in aller Gemütsruhe hinter Pistolen-Paule aufbauen und brauchten nur zu warten, bis er sich am Zigarettenautomaten abgekühlt hatte. Du hättest mal seinen dummen Blick sehen müssen, als wir ihm die Handschellen anlegten.“
Erna gab sich geschlagen und lachte: „Okay, okay, ihr habt gewonnen! Zwei Cola gratis!“
Dann eilte sie zu ihrer Schwester hinter die Theke.
Zwei Tische entfernt saß ein freudloser und sichtlich betrübter Dr. Knotterig seinem Kollegen Dr. Schmaal gegenüber und schob den soeben geleerten Teller von sich.
„Frieda! Bitte noch eine Currywurst!“, rief Dr. Knotterig, vergewisserte sich kurz, ob seine Botschaft auch angekommen war, und blickte gedankenverloren durch das Fenster der Imbissstube auf den Marktplatz hinaus. Von dem Gespräch der Polizisten mit Erna hatte er nichts mitbekommen.
„Donnerwetter ...! Vierte Currywurst ... kapitaler Hunger ... enorme Esslust ... ungesunder Appetit ...! Außergewöhnlich ... kolossal außergewöhnlich!“, bestaunte Dr. Schmaal seinen Internatsdirektor.

Die wenigen Menschen, die im Imbiss ihre Mahlzeit zu sich nahmen, reckten interessiert ihre Köpfe, um den vermeintlichen Vielfraß zu begutachten. Dann tuschelten einige miteinander und wunderten sich wahrscheinlich, wieso jemand bei der Nahrungsmenge noch so schlank sein konnte.
„Ein herber Verlust für unser Internat", murmelte Dr. Knotterig.
„Wie meinen, Herr Direktor?", fragte Dr. Schmaal nach.
Der Internatsdirektor drehte sich um, blickte seinen Kollegen an und erklärte: „Ich meine Fräulein Liebestreu. Sie wird eine Lücke hinterlassen! Ihre musikalischen Fähigkeiten sind einmalig!"
„Nette Person ... gute Kollegin ... beliebt ... überall beliebt ...! Außergewöhnlicher Aderlass ... komplett außergewöhnlich!", beeilte sich Dr. Schmaal zu ergänzen.
„Nur nicht bei Brigitte", seufzte Dr. Knotterig, stützte seinen Kopf mit einer Hand ab und sah Dr. Schmaal traurig an.
„Frauen ... ja, ja ...! Wenn Frauen lieben ... und noch denselben Mann ...! Außergewöhnlich ... herzzerreißend außergewöhnlich!"
Dr. Schmaal stützte ebenfalls seinen Kopf ab, und so saßen sich die beiden gegenüber und schwiegen sich an, als wenn sie aus Stein gemeißelt wären.
„Ihre Currywurst, Herr Doktor!", meldete sich Frieda und stellte das Essen auf den Tisch.
„Danke, Frieda!", antwortete Dr. Knotterig wie ein lebloser Anrufbeantworter und bestocherte mit seiner Gabel lustlos die Currywurststückchen, um sie ebenso teilnahmslos in den Mund zu schieben und zu kauen.
„Unmäßiges Frustessen ... ohne Appetit ... ungesund ... absolut unverträglich ...! Außergewöhnlich ... überspannt außergewöhnlich!", murmelte Dr. Schmaal und schüttelte den Kopf.

Nach der sechsten Currywurst presste Dr. Knotterig die Hände auf seinen Bauch und verzog das Gesicht zu einer schmerzhaften Grimasse.
„Isolde Liebestreu hat Recht“, stöhnte er, „ich ernähre mich viel zu unvernünftig und gehe mit meiner Gesundheit allzu leichtfertig um!“
„Eine Currywurst zu viel ...! Unbekömmlich ... absolut schwer verdaulich ...! Außergewöhnlich ... extrem außergewöhnlich!“

*

„Guten Tag!“, hallten zwei Männerstimmen durch den Imbiss, und alle Köpfe ruckten herum.
Einer der Männer wendete sich an Erna: „Wir ...“
Erna erkannte sofort die beiden flüchtigen Gauner und gab Frieda Zeichen, indem sie aufgeregt mit den Händen hinter ihrem Rücken herumwedelte.
„Wir ...“, begann Ede abermals und kratzte sich wie immer am Kopf, weil er den Satz schon wieder vergessen hatte.
„Wir suchen den Chef!“, platzte es nach wenigen Sekunden aus ihm heraus.
„Ist gut, Ede!“, beeilte sich Ratte zu sagen und schob Ede zur Seite.
„Aber wir suchen doch den Chef!“, beschwerte sich Ede.
„Ja sicher, Ede“, beruhigte ihn Ratte und wandte sich an Erna: „Entschuldigen Sie bitte, wir suchen einen Herrn namens Popowitz, kurz Paule genannt.“
Erna sah aus den Augenwinkeln nach ihrer Schwester, die sich unauffällig zum Tisch der Polizisten aufmachte, und antwortete: „Oh ja ..., der war eben hier und hat schon nach Ihnen gefragt. Sie sollen hier auf ihn warten. Er kommt in wenigen Minuten zurück.“
Ratte bedankte sich, und Ede zupfte ihn aufgeregt am Ärmel.
„Was willst du?“, fragte Ratte.
„Ratte ...“

„Red schon!“
„Ich ...“
Ratte atmete tief ein und blieb ruhig.
„Ich habe ein komisches Gefühl!“
„Du und deine Gefühle!“, lachte Ratte.
„Doch, Ratte! Wieso sollen wir hier auf Pistolen-Paule warten? Wir sind doch eigentlich auf dem ...“ Das Wort ‚Flughafen’ kam nicht mehr über seine Lippen, weil er von seinem Kumpel unterbrochen wurde.
„Halt endlich deine Klappe!“, ereiferte sich Ratte. „Wir warten hier auf Pistolen-Paule, und damit basta!“
„Möchten Sie vielleicht eine Currywurst mit Pommes?“, fragte Erna geschäftig und beobachtete, wie sich die Polizisten von ihrem Tisch erhoben.
„Eine gute Idee – nicht wahr, Ede?“, freute sich Ratte und rieb sich die Hände.
„Aber ...“, begann Ede.
„Was denn, Ede? Hast du wieder ein komisches Gefühl?“
„Aber ... aber schön scharf!“, vollendete Ede und strich sich genüsslich mit einer Hand über den Mund.
In diesem Moment machte es zweimal ‚Klick’, und die beiden Gauner bestaunten die Handschellen, die sich um ihre Unterarme spannten.
„Eine Currywurst zu viel ...! Unbekömmlich ... absolut schwer verdaulich ...! Einfältige Ganoven ... harmlos ... naiv ...! Außergewöhnlich ... unfassbar außergewöhnlich!“, lautete der treffende Kommentar von Dr. Schmaal, und Martin, der Polizist, grinste Erna frech an: „Siehst du, Erna, wir brauchen nur zu warten!“

## Kapitel 21

## Mehr als alles Geld

Tief unglücklich schlenderte Lissi ziellos durch den Wald. Nur noch wenige Stunden durfte sie auf der Erde verbringen, aber niemanden mehr aufsuchen, weder Tina noch Felix. Dieses kleine Eingeständnis hatte man ihr gegeben, damit sie mit sich und ihren Gefühlen ins Reine kommen konnte. Überhaupt, dieses Empfinden, dieses Auf und Nieder, diese Achterbahn, dieses Hin- und Hergerissenwerden, dieses Schaukeln, ohne zu wissen, wie stark die Stimmungen werden, krempelten Lissi vollends um. Eigentlich sollte sie ja nur eine ganz normale Hilfestellung leisten, die auf der Erde Schicksal oder Fügung genannt wird. Aber dass sie sich in ihrem Eifer mehr engagierte als nötig, hatte man zunächst als nicht problematisch angesehen.
„Ach, könnte ich doch nur auf der Erde bleiben!“, trauerte sie und schaute auf ihre Armbanduhr, deren Zeiger unaufhaltsam weiterrückten.
„Am liebsten würde ich sie anhalten“, dachte sie und war sich im nächsten Moment darüber im Klaren, dass sie über diese Macht nicht verfügte.
Plötzlich hörte sie Schritte, und sie erinnerte sich an ihr Versprechen. Rasch und leichtfüßig sprang sie vom Waldweg ins Gestrüpp und versteckte sich im dichten Unterholz. Ihr Herz klopfte bis zum Hals, und am liebsten hätte sie aufgeschrien, als sie Tina und Felix erkannte, die mit eiligen Schritten der Stadt zustrebten.
„Jetzt beruhige dich, Tina! Vielleicht finden wir Lissi auf dem Marktplatz, bei Erna und Frieda“, hörte sie Felix noch sagen, bevor sie aus ihrem Blickfeld verschwanden.

„Tina macht sich Sorgen!“, schoss es ihr durch den Kopf. „Eigentlich kein Wunder, nachdem ich gezwungen war, frühmorgens, still und heimlich, das Internat zu verlassen.“
Lissi musste ihre gesamte Willenskraft aufwenden, um den beiden nicht nachzuspringen. Eine grenzenlose Trauer breitete sich in ihr aus, als sie langsam, mit hängenden Schultern, in sich zusammensank.

*

Vom schnellen Gehen ziemlich außer Atem erreichten Tina und Felix den Marktplatz. Von Lissi keine Spur! Die Sorgen in Tina nahmen zu. Als sie sich dem Imbiss näherten, rief ihnen Erna schon von weitem zu: „Hallo, ihr zwei! Kommt her! Ich muss euch das Allerneueste mitteilen!“
Bevor Tina nach Lissi fragen konnte, sprudelte es aus Erna heraus. Wie ein Wasserfall berichtete sie von Ede und Ratte, die vollkommen überraschend im Imbiss erschienen waren, einfältig und dümmlich ihren Boss suchten, sich zu einer Currywurst überreden ließen und unglaublich blödsinnig daherglotzten, als sie plötzlich Handschellen trugen.
Irgendwie hatte Erna das Gefühl, dass Tina und Felix nicht richtig zuhörten und ihre Geschichte an den beiden vorbeiplätscherte. Im nächsten Augenblick wechselte sie das Thema und fragte munter, indem sie Tina in den Arm nahm: „Na, Tina, wie fühlt man sich, wenn man urplötzlich so reich ist?“
„Ach, Erna“, entgegnete Tina bedrückt, „ich habe momentan andere Sorgen!“
„Was ist los, Mädel?“, fragte Erna warmherzig und drückte Tina an sich.
„Hast du Lissi gesehen?“, erkundigte sich Tina und sah Erna hoffnungsvoll an.
Erna ließ Tina los, blickte verblüfft von Tina zu Felix, von Felix zu Tina und sagte betroffen: „Lissi war den ganzen Tag über noch nicht hier, Tina.“

Tina spürte eine ungeheure Angst in sich aufsteigen und schlug die Hände vor ihr Gesicht.
„Felix!", stöhnte sie auf, wankte auf ihn zu und lehnte ihren Kopf an seine Schulter.
Liebevoll strich Felix über ihr Haar und versuchte sie zu beruhigen: „Hab keine Angst, Tina! Ein Mädchen wie Lissi geht nicht verloren! Ich bin sicher, dass sie bald wieder da ist!"
„Ich mach mir solche Sorgen, Felix!", schluchzte Tina und umklammerte unwillkürlich ihre Spieluhr.

*

„Elisabeth!"
Lissi zuckte zusammen.
„Elisabeth!"
Am liebsten wäre sie davongelaufen, doch das Verbleiben auf der Erde lag ebenfalls nicht in ihrer Macht.
„Elisabeth, warum quälst du dich so? Entscheide dich endlich zur Rückkehr!"
Lissi nahm ihren gesamten Mut zusammen und antwortete verbittert: „Nicht ich, sondern ihr quält mich!"
Augenblicklich wurde ihr bewusst, einen riesigen Fehler begangen zu haben. Eine unendliche Stille breitete sich plötzlich in Lissi aus, die wie ein riesiger Strudel ihre Gefühle aufsaugte.
„Was macht ihr mit mir?", schrie es in Lissi ängstlich auf, als sie erkannte, dass ihre Rückkehr vorbereitet wurde. „Hört auf, ihr habt es versprochen! Mir bleibt noch etwas Zeit! Ich weiß, dass ich ungerecht und gemein war. Entschuldigt bitte!"
Eine Flut von Tränen lief ihr über die Wangen, als sie halb ohnmächtig zu Boden sank.
„Elisabeth, du solltest wissen, dass wir niemals jemanden quälen. Das können sich nur Menschen antun!"
„Ich weiß ja", wimmerte Lissi, „aber ich bin so unglücklich!"
„Nur, solange du auf der Erde bist!", versuchte die Stimme sie zu beruhigen. „Bei uns herrscht Harmonie und Eintracht. Du

wirst die sich widersprechenden menschlichen Gefühle nicht vermissen, wenn wir sie dir nehmen. Komm jetzt zurück, Elisabeth!"
Lissi zitterte am ganzen Körper, als ihre Seele ein einziges Wort in die lautlose Unendlichkeit hinausschrie: „Nein!"

*

Tina hatte sich ein wenig beruhigt und saß mit Felix auf einer Bank neben dem Imbiss. Felix hielt zärtlich ihre Hand und redete leise auf sie ein. Manchmal schwang sich ein dankbarer Blick zu ihm hoch und bestärkte ihn, Tina weiterhin zu trösten und aufzurichten.
In diesen Minuten verließen Dr. Knotterig und Dr. Schmaal den Imbiss, um zum Internat zurückzukehren. Dr. Knotterig stolzierte mit gesenktem Blick etwas schwerfällig über den Marktplatz und hielt sich mit beiden Händen seinen Bauch fest. Dr. Schmaal blickte sich geschäftig nach allen Seiten um, erblickte Tina und Felix und konnte es nicht unterlassen, ihre Anwesenheit zu kommentieren: „Traute Zweisamkeit ...! Ohne Frustessen ...! Tina und Felix ... nettes Pärchen ...! Außergewöhnlich ... beachtenswert außergewöhnlich!"
Als Dr. Knotterig den Namen Tina hörte, horchte er auf: „Tina?"
Seine Leibschmerzen und das Magendrücken vergessend, steuerte er auf Tina und Felix zu und erklärte: „Hallo, Tina, ich muss mich bei dir entschuldigen!"
Tina blickte ihren Internatsleiter verdutzt an und konnte sich keinen Reim darauf machen, was Dr. Knotterig wollte.
„Ich habe heute Morgen in der ganzen Aufregung vergessen, dir einen persönlichen Brief von Lissi zu geben", erklärte Dr. Knotterig zerfahren und hielt ihr einen Brief hin. In diesem Augenblick fühlte sich Tina unsagbar leer, einsam und mutlos. Sie konnte nur noch mechanisch ihre Hand ausstrecken, um den Brief in Empfang zu nehmen.

„Lissi ist heute in aller Frühe, Hals über Kopf, abgereist. Sie musste wohl zu ihren Eltern zurück. Wohin, weiß ich leider nicht", ergänzte Dr. Knotterig beiläufig und wandte sich ab. Bedächtig schritten die beiden Lehrpersonen über den Marktplatz, und Tina starrte ihnen mit leblosem Blick und blutleerem Gesicht nach. Langsam öffnete sie den Brief, faltete den Briefbogen auseinander und las:

*„Liebe Tina,*

*leider konnte ich mich nicht persönlich von dir verabschieden. Familiäre Gründe haben mich gezwungen unverzüglich abzureisen.*
*Manchmal trennen sich gemeinsame Wege im Leben.*
*Es ist oft traurig, aber häufig auch unvermeidbar.*
*Mach dir keine Sorgen um mich. Mir geht es gut!*
*Du hast jetzt Felix und immer noch deine Spieluhr!*
*Denk daran, was ich dir gesagt habe!*

*Alles, alles Liebe und Gute*
*Lissi"*

Niedergeschlagen ließ Tina den Brief sinken und schaute Felix an, der sprachlos und mit aufgerissenen Augen auf den Brief starrte. Verzweifelt umklammerte Tina ihre Spieluhr, betätigte unwillkürlich den Auslöser und lauschte der Melodie, die leise und eindringlich aus der Spieluhr erklang.
„Ach, Lissi! Werde ich dich jemals wiedersehen?", flüsterte Tina traurig und begann zu überlegen. Was hatte Lissi ihr mit auf den Weg gegeben?
*Denk daran, was ich dir gesagt habe!*
Halblaut und voller Leidenschaft murmelte Tina: „Komm doch zurück, Lissi! Wir vermissen dich so sehr!"

Beim Sprechen dieser Worte sah Tina im Geiste Lissi vor sich stehen und hörte sie sagen: *„Du musst nur glauben, was du schon fühlst!"*

*

„Lissi!"
Lissi zuckte zusammen.
„Lissi!"
„Ihr nennt mich Lissi?" fragte Lissi lautlos zurück und fuhr erstaunt fort: „So werde ich nur auf der Erde genannt!"
„Du hast ungewöhnlich viele menschliche Züge angenommen, Lissi", erklang die Stimme in ihr, und Lissi hörte gespannt zu. „Gewöhne dich an diesen Namen!"
Lissi schaute unwillkürlich nach oben und murmelte: „Wie soll ich das verstehen? Was habt ihr vor?"
„Manchmal müssen auch wir entscheiden, ob wir dem Verstand oder dem Herzen den Vorzug geben!"
Allmählich wuchs wieder die Zuversicht in Lissi, und wesentlich hoffnungsvoller fragte sie nach: „Ich darf bleiben? Seit wann lasst ihr euch von Gefühlen leiten? Menschliche Gefühle, die sich widersprechen können, bei euch, einem Ort der Ausgeglichenheit und Harmonie?"
Nach einem kurzen Moment der Stille meldete sich die Stimme wieder: „Der Glaube, Lissi, Tinas Glaube ist so stark! Wer den Glauben erschafft, muss ihm auch huldigen."
Für einige Minuten konnte sich Lissi nicht mehr konzentrieren, weil sie von Wellen des Glücks durchflutet und überspült wurde. Dann vernahm sie wieder die lautlose Stimme, und diesmal hatte sie den Eindruck, als würde eine riesige Menge Mitgefühl in ihr mitschwingen: „Ab jetzt bist du auf dich allein gestellt! Du wirst nichts mehr von uns hören!"
Mit einem leisen Lachen fuhr die Stimme fort: „Und du wirst dich an uns nicht mehr erinnern! Mach es gut, Lissi! Irgendwann sehen wir uns wieder!"

*

„Weine nicht, Tina!"
Liebevoll hielt Felix Tina im Arm und versuchte sie zu trösten: „Schau doch! Vieles hat sich doch zum Guten gewendet. Fast alle deine Probleme haben sich aufgelöst! Sogar um das Geld für deine Ausbildung brauchst du dir keine Gedanken mehr zu machen."
Tieftraurig blickte Tina Felix in die Augen und antwortete stockend: „Sicher, Felix, aber es gibt Dinge, die mehr zählen als alles Geld der Erde zusammen. Freundschaft kann man sich nicht kaufen und man findet sie auch nicht auf Bestellung."
Felix wusste nicht, was er antworten sollte, und überlegte fieberhaft, wie er Tina wieder aufrichten könnte.
„Überleg doch mal, Tina", meinte er, „du könntest doch mit deinem Opa sprechen, dass er nach Burgstett umzieht! Bislang ist das doch immer nur am Geld gescheitert."
Für einen kurzen Moment huschte ein freudiger Schimmer über Tinas Gesicht, und leise murmelte sie: „Opa!" Doch dann überlagerte die trübsinnige Stimmung wieder die beglückenden Erinnerungen an ihren Großvater.
Zärtlich wischte Felix ihr ein paar Tränen aus dem Gesicht und flüsterte leise: „Ich bin doch auch noch da!"
Mit einem traurigen Lächeln blickte Tina Felix dankbar an und lehnte ihren Kopf an seine Schulter.
„Genau diese Worte hat Lissi auch gesagt, als sich meine Probleme so häuften, dass ich nicht mehr ein noch aus wusste", murmelte Tina. „Lissi hat mir wieder Lebensmut, Freude und Glück geschenkt. Und jetzt? Jetzt soll sie einfach weg sein?"
Tina schluchzte und drückte sich noch fester an Felix.
Mit viel Einfühlungsvermögen versuchte Felix seine Freundin zu ermutigen: „Ein Mensch, den man liebt und im Herzen trägt, ist niemals weg!"
„Es tut so weh, Felix ..."

„Hallo, ihr zwei!“
Tina stockte der Atem!
Felix saß kerzengerade und stocksteif auf der Bank.
„Lissi!“, schrie es aus Tina heraus, als sie, wie von einem Katapult geschossen, von der Bank hochschnellte und sich ihrer Freundin in die Arme warf.
Und wie durch ein Wunder – oder war es nur Zufall? – erklang aus der Spieluhr die geheimnisvolle kleine Melodie.